Cuentos de todas partes del Imperio

Antonio José Ponte

Cuentos de todas partes del Imperio

ISBN 978-94-91515-79-8

Rogación de cabeza por Scherezada

«Cuando se reúnen hombres procedentes de los rincones más apartados del Imperio, existen razones para que se comporten de una forma un tanto bulliciosa», escribe Rudyard Kipling en una de sus historias de ingleses en la India. Y para las que siguen valdría la misma advertencia.

Cuentan vidas de viajeros y desplazamientos de tribus. Vienen de una carnicería del Barrio Chino, de la corte de Isabel II de Inglaterra, de un baño de mujeres en un aeropuerto, de la nieve de Rusia, de una extraña ciudad bajo tierra... De todas partes del Imperio.

Una obra tan rica como el *Libro de las Mil y Una Noches* justifica su diversidad gracias a una muchacha que cuenta historias para salvar la vida. Este corto volumen, por su parte, no tiene más justificación que la existencia del Imperio. Así como pudieron coincidir en algún punto de la extensión imperial las andanzas de sus narradores, se han juntado los cinco cuentos siguientes.

Encendidos los cigarros, servido el café, confiadas ya las más bien tristes nuevas de cada rincón de donde vienen, no demora en comprobarse que el Imperio consiste únicamente en ese aroma amargo que sale de las tazas, en el humo picante del tabaco, en palabras, en música. Aire todo, en fin. Aunque su falta de consistencia —suele ser el consuelo en estos casos— no lo hará declinar, si nunca logra fundarse del todo.

Algunos estudiosos del *Libro de las Mil y Una Noches* dan noticias de seres cuya profesión es la de contar historias, *confabulatori nocturni*. Scherezada (también los cinco que aquí cuentan) es uno de ellos y, como en el caso de cualquier confabulado, parece inevitable que lo haga a expensas de su cuello.

Este prólogo ruega por la cabeza de Scherezada. Pues quien cuenta historias pende siempre de los caprichos y del aburrimiento de algún rey. Y quien las escribe, de un rey desconocido: tú, lector.

Si las páginas que vienen logran aburrirte, cierra el libro de un golpe, haz rodar la cabeza de Scherezada.

LAS LÁGRIMAS EN EL CONGRÍ

Aquí muy pocas veces los noticieros hablan de otras tierras, rara vez uno escucha lo que ocurre en otros países. Resulta tan vasto el nuestro, suceden en él tantos acontecimientos, que el interés decae más allá de sus fronteras. Y, encima, a muy pocas noticias del mundo pueden dársele crédito. Pues todo empieza a ser dudoso a partir de nuestro último puesto, del último vigía en la última atalaya. Lo sé porque he sido el único de la familia en viajar al extranjero, porque viví afuera dos años, hasta que el frío y la física atómica me hicieron regresar.

De esos años de estudiante cada vez recuerdo menos, aunque la otra noche todo volvió a estar claro para mí. En el televisor un noticiero ofrecía datos acerca de la inestabilidad política en el mundo y mi hermano menor, de apenas año y medio, tomó al vuelo unas palabras para repetirlas a su modo.

«Chechechionistas chechenos», dijo, y todos nos echamos a reír.

Por un momento imaginamos lo ridículo de una facción que desde el título parecía un trabalenguas. Unos aventureros que decían llamarse así, o que al menos soportaban ese nombre, ni matarían ni serían matados. Si acaso era guerra lo que buscaban, sería guerra de niños.

«Cheche… chionistas cheche…», intentaba de nuevo el menor de mis hermanos.

Mi padre nos hizo entender, con su gesto acostumbrado, que echaría un discurso y, en una mirada, mi madre volvió a advertirnos lo de siempre:

«A algo tiene que dedicarse si se queda en casa por las noches».

Era el alcohol quien lo había enseñado a hablar tan bravamente. Conservaba de todas sus juergas la borrachera de las palabras y algo que parecía andarle mal en el hígado. Ante mi madre, sus siete hijos, tres nueras y dos nietos, el viejo empezó a considerar las ventajas de vivir juntos en nuestro rincón tranquilo del planeta: un apartamento de dos piezas sin balcón ni patio.

Cerró el puño de su mano zurda frente a nuestros ojos.

«Apiñada familia», exclamó.

Y para darle la razón, detrás del puño suyo, en la pantalla, apareció el mapa del país. El hombre de las noticias meteorológicas comenzaba sus predicciones. A un gesto suyo, todo un frente de nubes echó a andar y cubrió la tierra, pero mi padre nos llamaba a una ilusión mayor.

«Apiñada familia», repetía con el puño cerrado.

En vista de que quedaba mucho por oír, me acomodé lo mejor que pude. Y fue entonces que recordé a los Cabezas de Congrí.

Toda la tribu que formamos en nuestros años de estudio apareció ante mí como en una foto. Una a una, vi las caras de nuevo.

Bajo aquel nombre habíamos sido estudiantes de física atómica en un país lejano. La física atómica es una ciencia ardua. Del frío, mejor no hablar. Todavía, al despertarme de madrugada, me queda algo de aquel frío en los huesos… Era perfecto entonces, los domingos por la tarde, tan lejos de casa que podías ver la nieve, ser un Cabeza de Congrí. Quedaba a tu disposición el ron comprado en almacenes de artículos importados, a tu disposición el dominó, la música retumbante, las ruedas de casino que enlazaban cada vez más cercanos los cuerpos. Estaban las muchachas, los cuentos de relajo y las masas de puerco fritas con el plato totémico de la tribu, el congrí.

Entre nosotros estaba servido para las buenas y para las malas. Los ojitos negros de los frijoles, abrillantados con manteca de puerco como si alguien los hubiera pulido grano a grano, constituían la felicidad. Brillaban como las pupilas de las muchachas en el momento de prometer algo. Y su brillo admitía también los suspiros, sollozos, los dolores de corazón apretado. En pocas palabras, las lágrimas sobre el congrí.

Procurar frijoles negros en la nieve obligaba a negociaciones tremendas. Un venezolano nos llevaba aguacates hasta el Muro de Berlín y, gracias a un importador de mate, obteníamos cargamentos de yerbabuena para las mezclas del ron. Desde casa recibíamos planos que describían los nuevos pasillos de baile en el casino. Conseguíamos, en fin, vivir como si no hubiéramos dejado atrás nuestra tierra.

El frío, sin embargo, nos cercaba y para llegar a ser un verdadero Cabeza de Congrí se hacía necesario pasar la prueba de la nieve. Una ceremonia, más o menos secreta, que consistía principalmente en caminar sobre ella, en aplastar a la enemiga paso a paso. La dificultad de la prueba residía en el atuendo: los pies en chancletas de palo, el cuerpo vestido solamente con un pantalón de dormir y una camiseta, y la cabeza protegida por una media transparente de mujer.

Desabrigado y casi descalzo, al futuro Cabeza de Congrí le quedaba el único recurso de avanzar dando gritos.

«¡Pan con lechón!», debía entendérsele.

Al final de la nieve lo esperaba el calor de la música y del ron y de las mujeres. El humo del congrí recién hecho ardería en su cara, podría meter los brazos congelados en la paila del arroz con frijoles, hundir la cabeza en un nacimiento inverso: ya era un Cabeza de Congrí.

Rito de iniciación tan curioso venía de una antigua batalla, anterior en mucho a mi llegada a la tribu. Sucedió que un grupo de muchachas de las nuestras regresaba durante una noche de invierno a la residencia de estudiantes y escapaba menos del frío que del acoso de una pandilla, tipos que llevaban sus atrevimientos cada vez más lejos.

Como eran de las nuestras, fueron capaces de entrar a la residencia en las mismas narices de los pandilleros y, al encontrarse a resguardo, gritaron por las habitaciones masculinas la ofensa recibida.

A sus gritos se sumaron los que daba en son de guerra la pandilla. Gritaban en una algarabía desconocida.

«Chechenos», reconoció alguien y los hombres de la tribu salieron.

La pelea fue rápida. En muy pocos minutos los chechenos despacharon a los nuestros a golpes de un arte marcial tan desconocido como el propio dialecto que mascullaban.

Quien pierde una pelea entre hombres, pierde también el paso en la rueda de casino y echa a perder también el amor con la mujer. Al fin y al cabo, las tres cosas –baile, bronca y sexo– vienen a ser lo mismo: posiciones entre cuerpos. Los hombres Cabezas no habían sabido defender a sus mujeres, en adelante no sabrían contentarlas ni en el baile ni en la cama. Y abajo, en la oscuridad de la nieve, una pandilla de extranjeros bocones podía desgañitarse en ofensas contra el orgullo congrí. Todo estaba perdido.

Los nuestros fundaban una tribu para vivir soportablemente en el extranjero, se daban la ilusión de que lo extraño no los rodeaba como el frío, y ahora un puñado de tipos se permitía enseñarles que el lugar nunca les pertenecería.

Ninguno contaba, sin embargo, con que en el piso doce de la residencia, en pleno corazón de la aldea Congrí, un mulato hacía su tanda diaria de ejercicios. Golomón se apellidaba, o le decían como apodo, y si no había oído nada de la pelea era porque llevaba hundida hasta las orejas una media de mujer que le apretaba el pelo a ras del cráneo.

Golomón abría y cerraba un juego de tensores a todo lo ancho de sus brazos, nadaba en el aire con la gracia de una manta por el agua y, cuando vio pasar a los primeros heridos, no dijo una palabra siquiera, se plantó en sus chancletas de palo frente a los chechenos. La nieve pellizcaba los dedos de sus pies, el frío le almidonaba el pantalón de dormir y la camiseta. Sin gastarse en declaraciones, sin levantar sus orejeras de medias de mujer, atravesó la tropa chechena a golpes de tensor.

El enemigo, hasta entonces seguro de sus artes marciales, no dejaba de asombrarse. Mientras caía, gateaba y se batía en retirada, preguntaba con sus índices por aquella arma desconocida. Entonces, de pie en sus chancletas de palo, Golomón bautizó la espada improvisada con el primer nombre que le pasó por la cabeza.

«¡Pan con lechón!», gritó a la nieve y a la noche y a las figuras cada vez más pequeñas que huían.

«¡Pan con lechón! ¡Pan con lechón!», repetían como alcanzaban a hacerlo las maltrechas lenguas chechenas.

No hay que agregar que las ollas cogieron presión, que se destapó el ron, que se bailó casino hasta el indeciso amanecer de invierno. Otra vez habían enseñado respeto a una pandilla de extranjeros. Respeto, una nueva arma y tres palabras nuevas para su dialecto, tres palabras que para siempre, hasta los nietos de sus nietos chechenos, significarían miedo, derrota amarga.

Años después de aquella victoria, me correspondió hacer el camino por la nieve que conmemoraba la salida de Golomón.

Fui durante un par de cursos Cabeza de Congrí. Luego el frío y la física atómica hicieron conmigo lo suyo, y tuve que abandonar la tribu.

«Serás siempre un Cabeza», me aseguró el último en despedirse.

Habíamos hecho juntos parte del viaje y allí se dividían nuestros caminos, yo iba a casa y él a contactar al venezolano de los aguacates.

«Te graduaste en chancletas por la nieve», alargó la despedida. «Recuérdalo siempre».

Con el tiempo, dejé de ser Cabeza de Congrí. La última vez que estuve con la tribu ya no era uno de ellos. Habían regresado, cada uno con su diploma de estudios, y celebraban sobre el techo de una casa.

Era uno de esos días del verano en que, por prestidigitador que sea el hombre del tiempo, no convoca ni a una nube en la imagen del noticiero. Y allí estaba la tribu entera al sol, entre cubos de agua de mar, botellas con mantequilla líquida yodada. A tres cuadras de la playa, pero acostumbrados ya a las lejanías. Y se comportaban, ellos que caminaban descalzos por la nieve, como si les fuera imposible atravesar aquellas tres cuadras.

Llegaba de la cocina el olor de la carne de puerco. De un equipo de música, lo que toda la calle repetía. Y me dieron a beber un líquido rosado que fabricaban ellos mismos, con la misma agenciosidad que nos había hecho mover convoyes de frijoles negros por tierras extrañas.

Una bufanda roja servía para colar aquel alcohol, era la señal definitiva de que el frío quedaba atrás. Y ya que nuestro mejor ron era exportado, se proponían hacerlo traer de la mismísima nieve.

Cuando mi padre, frente al televisor, terminó su discurso, de los Cabezas de Congrí quedaba poco. Con sus tatuajes, sus escudos y sus lanzas, la tribu terminaba de cruzar, sin que nadie más que yo la viera, como nubes sobre el mapa del tiempo. Arrellanado en el sofá, un codo en la costilla de uno de mis hermanos, pensé que la familia era sin dudas la mejor de las tribus.

Lamenté, sin embargo, no haber prestado oídos a aquella noticia extranjera en el televisor. Porque, ridículos o no, los chechenionistas chechenos conocían las tres palabras que Golomón enseñara a una pandilla. Y sería sin dudas su grito de guerra:

«¡Pan con lechón!»

Por hombres

«Si llegaste hasta aquí, entrégate», dijo.

Arrastraba una columna de maletas pasadas por la aduana. Sacó un lápiz labial, creyó que no había nadie más dentro del baño y habló sola.

Yo terminaba de limpiar una cabina. Soy la del plato con monedas, que recoge lo que puede en este baño de aeropuerto. A mí me daba igual si era una terrorista venida a denunciarse, si en su columna de maletas pasaba droga o contrabando. Las que estaban en el plato serían las últimas monedas extranjeras que recogería si se armaba otro escándalo en mi baño.

No se volvió hacia mí y ni siquiera trató de buscarme en el espejo. A juzgar por los sellos de sus maletas, parecía haber atravesado todas las aduanas y volado en todas las aerolíneas del mundo.

«¿Puede dejarme sola?», pidió casi sin voz.

Yo parecería una mendiga si colocaba mi mesa en la puerta. Dentro del baño, en cambio, las veía temblar por subir a un avión. Que llorara todo lo que quisiera, aparté el plato y le ofrecí la silla. Entonces entraron tres muchachas con sus bultos. Hablaban de la noche anterior, de unos que las pusieron a bailar aunque ellas no sabían hacerlo.

«Te doy el doble de lo que te pagan», me prometió cuando se fueron las muchachas.

«Por quedarme aquí».

Quise saber de qué se escondía y ella puso un billete sobre el plato. Di las gracias, me guardé el billete, y volví a preguntarle.

«De los hombres».

Entonces había llegado al refugio perfecto.

Yo también he tenido miedo de los hombres. A la larga nos hacen bailar aunque no sepamos. Tengo un solo hijo, vive en el extranjero, y algún día voy a dejar dinero en un plato como éste, antes de salir por la puerta de los aviones.

«La tarde en que se fue», le conté a ella, «lo senté donde estás tú para que hablara claro, mirándome a los ojos. Que me dijera si volvía o no».

Fue la última vez que tuve miedo de un hombre.

«¿A mí qué me importaban las quejas de las que no tenían baño mientras yo conversaba con mi hijo? ¡Que orinaran afuera! ¿Qué me importaba perder este trabajo si se iba lo único que me quedaba en el mundo?»

«Me volví como loca. La locura me dio por pensar que los que viajan, y las maletas, y los aviones, estaban allá afuera para hacerme creer que existían otros países, cuando había uno solo y era éste».

«No hay otros», murmuró ella.

Pero yo no entendí si me decía que había o que no había.

«No hay otros», repetió en voz más alta.

Entonces supe que estaba loca.

Debía tener la edad de mi hijo y me gustó que volviera. Con regresar haría feliz a alguien. Aunque no tuviera familia, aunque su madre hubiera muerto siendo ella una niña y aquí no le quedara casa. Regresaba al país y eso era todo.

«Me fuí hace años por huirle a los hombres».

En las novelas, la gente viaja para dejar atrás las cosas que no le convienen, los amores principalmente. Ella había hecho igual, pero no por un hombre. Sino por los hombres, por todos.

«Uno que te lleve lejos puede apartarte de los demás. Te hace vivir en sitios donde el frío y la educación los vuelve distintos, donde parece que no habrá peligro. Pero, más tarde o más temprano, tropiezas con el primero que te da la alegría de hablar tu mismo idioma, de haber salido de las mismas calles de donde saliste, de recordarte canciones y querer decirlas a tu oído. Entonces no te sirve ninguna precaución».

«Me casé con Stefan, nos fuimos, y no tardó en aparecer uno que pidiera juntarnos para salir de tanto invierno y vivir el amor verdadero de las vidas, el amor como nadie que no fuera uno de nosotros sabría hacerlo. Y no pude dejar de hacerle caso, de creer en sus palabras. Así que me fuí con aquel tipo para el sur. Otra vez a sentir que alguien es capaz de llevarte hasta el cielo y el infierno en un mismo minuto».

«Viajábamos al sur, lo supe después, por el reúma de una vieja alemana mujer suya. Eso explicaba que me dejara sola a cada rato, que durmiera algunas noches fuera».

«La descubrí, tan vieja y tan gorda, y quise matarla. Pero las dos tuvimos que quitarnos de encima los golpes de él. Porque mandaba a que existiera paz entre nosotras, sus dos mujeres, y nos obligó a hacernos amigas. Ninguna podía sentir celos de la otra y los tres ibamos a viajar juntos en adelante».

«Cuando pude zafarme de aquella situación, regresé junto a Stefan. Al aburrimiento y a la paz. Yo evitaba las discotecas de música tropical, los restaurantes de comidas típicas. No quería encontrarme con nadie, me ocultaba junto a mi esposo extranjero. Hasta que fuimos de vacaciones».

«Y un día de esas vacaciones, a punto de caerme de un camello, el camellero y yo soltamos la misma interjección. Y no hubo dudas, lo que más me temía lo encontraba allí. Había dado tumbos de una tierra a otra, pasado por todos los oficios hasta hacerse camellero. Me habló enseguida con todas las palabras que llevaba tiempo sin compartir. No podía ser casualidad que los dos coreáramos la misma interjección, era nuestro destino. Estamos destinados para este encuentro, me dijo. Y de aquella palabra que habíamos soltado, él iba a darme toda la que yo quisiera, la que me hacía falta».

«Empecé a calcular las siestas de mi esposo, a querer pasar la noche fuera del hotel. El de los camellos me dio la dirección de un boticario a quien comprarle polvos. Un poco en la bebida de Stefan, y tendríamos toda la noche para lo que quisiéramos».

«El me esperaba afuera. Mi esposo dormía plácidamente en nuestra habitación. La noche apenas alcanzó para nosotros. Y cuando me acosté otra vez al lado de Stefan, una hora antes de la primera claridad del día, encontré helado su cuerpo».

«Mi camellero oyó la noticia como si no le incumbiera. Dijo que el boticario o yo habíamos cometido un error. Pero que no iba a dejarme sola ahora, a expensas de la policía, y una rastra que transportaba camellos me sacaría de allí. En cuanto nadie sospechara, volveríamos a estar juntos, lejos».

«Le entregué todo el dinero que llevaba encima y nunca más volví a verlo. En la primera parada que hicimos uno de los rastreros me agarró y el otro hizo conmigo lo que le dio la gana. A partir de allí empecé a viajar atada de pies y de manos. En un estanque me lavaron la cara, me untaron las cejas y las pestañas con aceite. Y cuando llegamos al mercado en donde iban a venderme, pude entender que alababan mis ojos de camella».

«Se me acercó un hombrecito, apuntó a mi nariz con un látigo, debió entregar a los rastreros menos plata de la que yo había pagado por mi viaje. Y supe entonces que el primero en venderme había sido el camellero».

«Mi nuevo dueño, dos guardaespaldas y yo, llegamos a un café donde me dieron a beber un líquido gelatinoso de sabor picante. En el patio, como a los animales. Desapareció todo el cansancio del viaje y me entretuve con las sombras de una parra en el piso. Al despertar, era de noche y una vieja me insultaba junto a una lámpara. Mierda de camello, le entendí gritarme. Estaba por llegar el único hijo de mi dueño, estudiante en una universidad, venido de vacaciones. Era muy joven y yo le estaba destinada por orden paterna».

«La primera noche en que dormimos juntos apenas me tocó. Desperté de madrugada y él no estaba allí. En la segunda noche sucedió lo mismo. Ayán me dejaba para irse al cuarto de los guardaespaldas. Pero algo se aprende con tanto sufrimiento. Y a la noche siguiente, lo traté tal y como me habían tratado a mí todos los tipos. Y empezaron a espaciarse sus visitas nocturnas a los guardaespaldas».

«Yo tenía que salir de allí. Le pedí abrazarnos frente al mar y me trajo una orquesta de ciegos. Le dije que extrañaba el olor del mar que no llegaba hasta la casa y conseguí, al fin, que me sacara. Viajamos al puerto más cercano, eligió la torre más alta del puerto para dejarme encerrada».

«Esperé por él todo un día y regresó borracho al segundo, arrastrado por un marinero. Traía de regalo un pájaro que, al verme, empezó a maldecir en alemán. Ayán me entregó la jaula y cayó redondo en nuestra cama».

«Stefan no me esperaba en ningún sitio, yo no podía volver a nuestra casa, iba a marcharme de aquel puerto sin saber a dónde ir. Entonces pregunté al marinero cuánto podría pagarme por el muchacho, con pájaro incluido. Y cuando terminaron sus carcajadas supe que Ayán me había vendido antes, pertenecía ahora al marinero, y esa misma noche zarpábamos de regreso a casa».

«Islandia es el fin del mundo, pero incluso en el fin del mundo encontré gente de aquí. Me hice amiga de una, casada con un profesor de la universidad. Nos íbamos a bares, hablábamos de hombres, y conseguimos que ocurriera. Nosotras mismas llamamos con nuestros deseos a un entrenador de baloncesto. Eramos tres en aquel fin de mundo y el tercero en llegar, un hombre».

«El había pedido refugio en una escala de avión, dejaba a su equipo con tal de no volver. Si hasta en Islandia venían a pasarme estas cosas, era que estaba condenada a ellas. Lo sospechaba desde niña, lo supe desde mucho antes de irme de aquí. Mi madre me lo dejó en herencia cuando se dio candela por un hombre».

«En la época en que los pájaros vuelven después de cruzar el mar, a una ventana de la casa donde vivía con el marinero llegó uno, igual en todo al que Ayán me regalara. Lo escuché maldecir en alemán, me miró por un momento, y tuve la seguridad de que Stefan volaba en aquel pájaro. Que me seguía adonde quiera que fuera, como siempre».

«Y en Islandia, en el fin del mundo, supe que, de algún modo, también los hombres huyen. Y no se puede huir de quienes huyen sin tropezar con ellos».

Por eso estaba en este baño y me hacía su historia. Volvía para entregarse. Me deseó el reencuentro con mi hijo, arrastró sus maletas y se fue.

«Una pasajera está arrodillada en la salida y entorpece», escuché al poco rato.

Era ella. Ahí está todavía, de rodillas en el piso, sin atreverse a cruzar la puerta, inmóvil como una estatua.

Un arte de hacer ruinas

Para Reina María Rodríguez

«Cuando necesitas aumentar el tamaño de tu casa y no hay patio donde construir más, ni jardín que ocupar, ni siquiera balcón, cuando necesitas ampliarte y vives con la familia en un apartamento interior, lo único que te queda es elevar los ojos al cielo y descubrir que en tanta altura de techo bien cabría otro piso, una barbacoa. Descubres, en suma, la generosidad vertical de tu espacio, que permite levantar otra casa allá adentro».

«Cuando ya has fabricado la barbacoa y vives, si así puede decirse, en cierta comodidad con la familia, si tu suegra y una sobrina de tu mujer vienen de provincias, dispuestas a pasar en tu casa una temporada tan larga como la vida misma, lo único que te queda es hacerle la visita al psiquiatra. Porque odias ya tanto a la madre de tu mujer (por no hablar de la sobrinita) que no puedes sentarte a la mesa con ella. Y también porque, apiñados como viven, te has vuelto incapaz de acostarte con tu esposa y eso te llevará al divorcio, que es lo de menos, por no decir a la locura y el suicidio».

«El psiquiatra va a preguntarte entonces si estás dispuesto a obedecer a todo cuanto él te indique, no importa cuán raro parezca. Y tú dices que sí porque quieres curarte, porque ya te consideras enfermo. ¿Tiene manera de conseguir un chivo?, te pregunta. Un chivo vivo, aclara. Sí, respondes. Cómprelo y llévelo a su casa, es lo que te ordena. Y que vuelvas por la consulta en dos semanas».

«Criar un chivo en una barbacoa puede ser menos raro que vivir con la suegra. Regresas al apartamento con el animal (dentro de sus casas tus vecinos crian cerdos y patos y gallinas) y lo pones a vivir en familia. Aunque vivir con él se hace imposible enseguida. Para empezar se ha merendado el forro de todos los muebles, un maletín de la suegra y una bata de casa. Caga por todas partes, huele a chivo, y de noche no deja dormir. Tú resistes un día, al segundo le pegas una buena tunda al animal, y al tercero regresas al psiquiatra mucho antes del plazo convenido».

«Tiene que estar más loco que los locos que vienen a su consulta. ¿Qué clase de tratamiento es éste?, gritas ante sus ojos. Y resulta que el tratamiento empieza ahora, como declara él. ¿Ahora qué va a mandarme?, le preguntas con lágrimas. Saque ese chivo expiatorio de su casa, dice».

«Obedeces de nuevo, revendes el dichoso animal (una transacción tan rápida no te permite ganar nada) y al otro día estás de nuevo en la consulta. Pues dormiste, de madrugada te despertó tu mujer, tuvieron sexo tan bueno como antes, y a la hora del desayuno, la familia completa a la mesa, te has dado cuenta del cariño con el que tu suegra te echaba más café en el café con leche. Comprendiste de pronto que la vida sin chivo puede ser maravillosa».

Yo quería encabezar así mi tesis sobre las barbacoas. No lo había inventado ni leído, se trataba de un caso real. Me lo había contado el psiquiatra.

❧

«¿Sabes qué quiere decir tu apellido?», me preguntó quien todavía no era el tutor de mi tesis, los dos sentados en un banco de la estación de trenes.

«Constructor», respondí.

«Le envidié siempre ese apellido a tu abuelo».

El llevaba gafas oscuras para esconder sus ojos de la luz.

«Vas a ser urbanista en una familia de urbanistas».

La voz de los altoparlantes anunció que en unos minutos arribaría el tren que él esperaba.

«¿Y tu padre no puede servirte?»

Mi padre trabajaría hasta fines de año en una universidad extranjera.

«Me imagino que pensaste en mí como hubieras pensado en tu abuelo, de estar vivo».

Yo asentí.

«Pero llevo tanto tiempo retirado de la facultad que deberías buscarte otro tutor».

«¿Por qué una tesis sobre las barbacoas?», preguntó.

El tren hizo entrada ruidosamente.

«¿Hacia dónde está creciendo esta ciudad?», le dije por encima del estrépito. «Hacia adentro, en barbacoas».

El se puso en pie para examinar a los que pasaban.

«Hacia adentro».

Descubrió entre el montón de gente a uno, y se apuró en ayudarlo con el equipaje. Debió presentarme como estudiante o como el nieto de su mejor amigo. En cambio, de aquel hombre no me dijo nada.

«Tengo el carro aquí cerca», le ofreció.

Salimos de la terminal y los vi subir al viejo automóvil soviético del profesor.

«Intentémoslo», dijo antes de que el motor impidiera cualquier conversación. «Ve por casa».

En la facultad hacía años que lo daban por fallecido y parecían satisfechos ahora de que volviera a su departamento.

«Explícame de qué se trata», me pidió, dispuesto a entrar en materia.

Las ventanas de su apartamento permanecían completamente cerradas. La piel y los dorados de algunos lomos de libros brillaban a la luz artificial en pleno día, y la temperatura era la que podría encontrarse dentro de una caverna. De niño yo visitaba a mi tutor en otro apartamento, ese mismo con las ventanas abiertas.

«Una idea valiosa», consideró.

Evidentemente gozaba de aquel momento en que todavía éramos libres.

«Luego vendrá el trabajo», me advirtió. «La falta de alegría, la redacción, el acabamiento, un sistema».

Todavía en aquel encuentro la corriente podía arrastrarnos hacia cualquier sitio, nadábamos como dos borrachos. Mi tutor recordó todas las ciudades que iba a ser esta ciudad. Hubo un momento en que sentí que, de abrir una ventana, no la encontraríamos allá afuera.

A solas en el estudio, alcancé a examinar un plano antiguo colgado entre los libros. Representaba la parte más vieja de la ciudad y llevaba una fecha: 1832. Sentí, mientras leía esa fecha, que una sombra cruzaba hacia el fondo de la casa. Y pensé entonces en el hombre bajado del tren.

«Había cólera ese año», explicó mi tutor al regresar de la cocina, «y en una bodega en la esquina de Cuba y Lamparilla vendían esos planos».

Aquel plano describía el itinerario del cólera, el avance de la muerte por la ciudad.

La leche formó una nube en la taza de té. Quise preguntar si estábamos solos en el apartamento, pero no me atreví. Al despedirme reparé en el cuenco de monedas junto a la puerta. Siempre que mi abuelo me traía yo sacaba una. Habían monedas de todas partes del mundo y la que eligiera podría servirme de destino.

También mi tutor sonrió por los recuerdos.

«Por última vez», accedió.

Metí la mano en el cuenco y saqué un botón metálico con un ancla a relieve.

«De un uniforme de Marina. No vale, saca una moneda».

Removí el contenido del cuenco y elegí una áspera.

«Vamos a ver a dónde te lleva».

Al tacto parecía una pieza sin terminar.

«A mí me ronca arriba», llegué a leer antes de que me fuera arrebatada.

Al final del pasillo, en una de las habitaciones del apartamento, relampagueó una luz muy grande. Mi tutor escondió la moneda.

«No es más que un juguete», intentó convencerme. «No sirve de nada».

Abrió la puerta del apartamento y se apuró en sacarme.

☙

La sombra en el apartamento, la moneda y el fogonazo que brilló detrás de una de las puertas: todo era misterioso. Devoré los primeros libros, preparé notas y una semana más tarde, a la hora convenida, toqué el timbre de su casa.

Al centro de la puerta se abría un ojo mágico y alguien lo usó sin decidirse a abrir. Pulsé otra vez el timbre, y quien quiera que fuera se marchó. Iba a bajar las escaleras en el mismo momento en que mi tutor llegó con una bolsa de la que sobresalía un mazo de vegetales marchitos. Pidió disculpas por su tardanza, ya no tenía con él a su criada de siempre.

Las ventanas se encontraban tan cerradas como en mi visita anterior, tras la puerta del final del pasillo no brillaba luz alguna. Y me asombré de hallar en su lugar de siempre el cuenco.

«Rincón», me dijo al entregarme un vaso de agua.

Yo no entendí.

«La bodega donde vendían planos del cólera… Bodega de Rincón, en Cuba y Lamparilla».

Bajamos a buscar su auto y me interesé por la moneda.

«Nunca te llamó la atención que hubiera de distintas épocas», empezó a decir. «De niño la geografía apasiona mucho más que la historia. Otros países importan más que otras épocas… Será que todavía no tenemos que empezar nuestros viajes en el tiempo».

«Claro», acoté sin comprender qué relación habría entre esa conversación y la moneda.

«El cuenco de casa está lleno de dinero de muchas partes y de muchas épocas».

«Sí».

«Uno no sabe a dónde va a parar. Sales a comprar vegetales una mañana cualquiera…»

Se interrumpió frente a una señal de calle cerrada por reparaciones.

«Un momento», me pidió al bajar del auto.

Habló con alguien de la cuadrilla que trabajaba en la calle, echó una ojeada a un registro subterráneo destapado y regresó al auto.

«Sales a comprar vegetales en una mañana cualquiera, y descubres que el cólera recorre la ciudad. Saliste a mil ochocientos treinta y dos, sin tiempo para asombrarte. De momento necesitas una moneda, porque sabes que en la bodega de Rincón, en Cuba y Lamparilla, te la cambian por un plano que va a guiarte en ese laberinto».

«¿De cuándo es la moneda que saqué?», corté sus divagaciones.

«Era un juguete, tal como te dije. Para uno de esos juegos donde compras y vendes propiedades».

Tuvo que hacer otro desvío por obras en la calle.

«Ya no eres el niño que tu abuelo traía a casa. El tiempo, como deben haberte enseñado, es un espacio más. Ahora te toca explorarlo».

Sentí que lo más importante me había sido escamoteado. Mi tutor detuvo el auto y resultaba increíble el silencio.

«Quiero que conozcas a alguien», dijo.

⤫

El edificio adonde entramos había sido declarado inhabitable y nadie parecía vivir en él. Era el lugar menos pensado para hacer una visita. Encontramos a dos hombres que retiraban madera de un apuntalamiento y la cargaban hacia los pisos de arriba. Mi tutor llamó a una puerta con candado. En la puerta se abrió una puerta más pequeña y una mano salida a través de ella abrió el candado.

Pasamos a una sala que podía ser trastienda de algún anticuario. Un sofá cama era la única concesión hecha a una casa. Se ofrecían bancos de parque en lugar de muebles, el espacio estaba subdividido por pedazos de rejas. Las lámparas eran enormes faroles de portales y en las paredes colgaban rótulos de calles. Hallamos a un hombre a quien mi tutor preguntó por su salud.

«El profesor D», me fue presentado.

«Exprofesor».

Resultaba irreconocible aunque lo había visto durante mis primeros años de carrera. Ahora fumaba sin parar, daba paseos entre sus pertenencias y llamó nuestra atención hacia un vaso de cristal lleno hasta el borde.

«¿Lo ven?»

Fue lo menos raro allí hasta que el agua se agitó como si la removiera una mano invisible.

«Explosiones subterráneas», dictaminó.

La brigada con que nos tropezáramos tendía el cable coaxial para teléfonos, la construcción del metro había sido abandonada…

«Refugios antiaéreos», supuse.

El líquido dejó de estremecerse y mi tutor sacó un paquete.

«Verde», declaró. «No había negro».

«El verde es bueno para el esmalte».

Tenía los dientes manchados de fumar, puso la mano del cigarro en uno de mis hombros.

«¿Ves todo esto?», me dijo. «Ya no encuentra sitio en esta ciudad. Lo saqué de donde no va a levantarse nunca, y ni yo mismo supe en que iba a convertirse mi casa cuando traje las primeras».

No aclaró en qué se había convertido, si en un rastro o en un basurero. Tuve que evitar que la ceniza me cayera encima.

«En mi edificio una mujer empezó por un perro abandonado y va por quince ya».

Me miró como si no entendiera. En el piso de arriba empezaron a dar martillazos.

«No hago té porque no hay gas», convino.

Dejaron de clavar.

«Barbacoas por arriba y explosiones por debajo».

«Un milagro seguir vivos», murmuró mi tutor.

«El escándalo de todos los congresos de urbanistas», sostuvo D. «Una ciudad con tan pocos cimientos y que carga más de lo soportable, sólo puede explicarse por flotación».

Se dejó caer en el sofá.

«Estática milagrosa».

Volvieron a martillar en el piso de arriba y mi tutor se acercó el vaso del experimento a los ojos.

«Creí que era agua», reconoció.

«Un poco más denso, profesor. El ron de marzo».

La superficie de aquel ron estaba cubierta de polvo del techo. Mi tutor miró hacia arriba.

«Quiero que le prestes tu libro a este muchacho», pidió al fin.

Sentado en medio de sus arqueologías, D. miró a la punta encendida del cigarro.

«Pero él no me ha contado qué busca».

Así que empecé por lo del chivo en el apartamento.

«Muchas de esas cosas las robó antes de que les llegara la hora del derrumbe», dijo mi tutor a la salida.

«Que no se enteren en la facultad», me advirtió del libro.

Era un volumen mecanuscrito de unas trescientas páginas. Su autor, el entonces profesor D., lo había titulado *Tratado breve de estática milagrosa.*

❧

Me preocupé de llegar a la próxima cita con una hora de antelación. Sin ser visto, espié los movimientos de mi tutor en la estación de trenes. Lo acompañaba el mismo tipo que había venido a recoger unas semanas antes y el tipo le entregaba algo que supuse dinero. Mi tutor lo tomó, se despidió de él y fue hasta su auto. Allí buscó un cuaderno donde escribió durante un rato. Y cuando el tren salió de la estación fue a sentarse en un banco, decidido a esperarme.

Sin embargo, toda mi prevención de llegar antes y espiar fue desarmada, porque él reconoció que le alquilaba un cuarto de su casa a aquel hombre. Ambos tenían una relación de negocios, no había ningún misterio. Estiró las piernas como si le llegara una felicidad repentina y preguntó por mi lectura del tratado.

Yo había encontrado en aquel libro un término que podía serme útil.

«Escribes tugurización en tu tesis», anunció mi tutor, «y…»

La gente podía copar un edificio hasta hacerlo caer. Se hacían un espacio donde no parecía haber más, empujaban hasta meter sus vidas. Y tanto intento de vivir terminaba casi siempre en lo contrario.

A nuestro alrededor se abrazaban y despedían, se ayudaban con sus bultos.

Y estaba, por otra parte, el empeño de esos edificios en no caer, en no volverse ruinas. De modo que la perseverancia de toda una ciudad podía entenderse como lucha entre tugurización y estática milagrosa.

Llegó otro tren repleto.

Pero si lo que yo quería era conseguir mi título de urbanista, no había oído hablar de nada de eso, porque un jurado de la facultad no querría saber de derrumbes. La ciudad tenía los mismos bordes fijos, no daba seña ninguna de extenderse. Donde caía una edificación no levantaban otra. Salíamos del derrumbe del modo más barato, con la construcción de un parque, de un espacio vacío. Las parejas hallaban los rincones que podían, las mujeres quedaban preñadas en aquellas citas, las salas de maternidad se repletaban, los muertos demoraban en morirse…

Mi tutor y yo veíamos cómo se vaciaba otra vez la terminal de trenes, cómo arribaban a la ciudad oleadas de tugures.

જ

Una semana más tarde recibí la visita del profesor D. Iban a publicarle su libro y venía a buscarlo, y esta esperanza hizo que se extendiera a hablar de proyectos. Encendía con un cigarro el inicio de otro y conversaba de los libros que vendrían. Prometió que esperaría a mi graduación para sumarme a sus investigaciones, quería también que mi tutor entrara en ellas. Habló de formar un equipo de trabajo como el que había tenido alguna vez. Luego, sin causa aparente, se desanimó, dejó de hacer planes, y descreyó incluso de la publicación prometida.

Fue entonces que le oí hablar de los tugures. El cigarro en la boca o lo sombrío de su ánimo impedía a veces entender sus palabras, pero aquí está lo que alcancé:

Los más viejos edificios de la ciudad llamaban la atención de los tugures. No pasaba mucho tiempo hasta que un primer tugur se iba a vivir al edificio merodeado. Ese primero conseguía traer a otros y poco a poco lo llenaba todo con su gente. Reunidos en el edificio (mientras más alto mejor y mejor todavía mientras más soberbio), sacaban de una habitación chiquita cuatro habitaciones, de un piso hacían dos. Horadaban las paredes para meter las vigas de sus barbacoas. Y parían sin piedad las mujeres tugures, y llamaban cada vez a parientes más lejanos.

Cada noche al acostarse, dejaban caer sus cabezas en la almohada con deseos de dar el último golpe sobre la tierra. Buscaban el derrumbe por todos los medios. Y no para morir, pues un tugur legítimo propiciaba la caída de un edificio sin que se le posara encima ni el polvo de un ladrillo. Sus triunfos consistían en regresar a casa y no encontrarla en pie. Había que verlos entonces entre quienes de verdad sufrían, haciéndose contar, con la más hipócrita de las expresiones en la cara, cada uno de los pormenores del desastre.

«¿Para qué?»

D. no pareció entenderme.

«¿Para qué echan abajo los edificios?», concreté mi pregunta.

«Son de sombra ligera, tienen sangre de nómadas», me dijo. «Y es duro ser así en una isla pequeña».

«Piensa en que el horizonte se alcanza enseguida. Das dos pasos, llegas a la costa, y todas las promesas que te fueron hechas como nómada resultan nada. Lo que la sangre te dicta en cada anochecer es cuento de camino si la tierra no sigue».

«Pero si no puedes salir, entonces entra», recomendó. «Quieto no vas a quedarte».

Su entusiasmo había vuelto a la carga.

«Cuando no encuentras tierra nueva, cuando estás cercado, puede quedarte todavía un recurso: sacar a relucir la que está debajo de lo construido. Excavar, caminar en lo vertical. Buscar la conexión de la isla con el continente, la clave del horizonte».

Encendió el último cigarro que le quedaba. Hicimos silencio durante unos minutos.

«Nada es como que se derrumbe el edificio donde vives», soltó.

«Si tu casa se viene abajo, te queda todavía la propiedad sobre la tierra. Te queda tu rincón y puedes empezar de nuevo».

Miró el estado de mi apartamento y pareció encontrarlo demasiado sólido.

«Pero cuando cae el edificio donde has vivido toda tu vida», agregó, «descubres que hasta entonces no has tenido más que aire, más que el poder de flotar inconscientemente a cierta altura del suelo. Y perdido ese privilegio, ya no te queda nada».

Consumió su cigarro hasta que labios y mejillas no pudieron sacarle más humo.

«Entonces las circunstancias hacen de tí un tugur», fue lo último que dijo, y una o dos horas antes del amanecer se marchó.

♻

«¿Tienes contigo el tratado?», tuvo que repetirme esa misma tarde la voz de mi tutor en el teléfono.

Miré el reloj sin ver la hora, me aclaré la garganta para decirle que el libro ya estaba devuelto.

«D. vino anoche y hablamos toda la madrugada… Me acabo de despertar ahora mismo».

«Discúlpame, pero esta mañana D. murió en un derrumbe».

Eran casi las cinco de la tarde.

«Le cayó encima el techo de su casa».

Prometí que estaría en el apartamento de mi tutor cuanto antes. Y todavía sin recuperarme de la noticia, recordé a aquellos tipos que desmontaban madera de un apuntalamiento y clavaban encima del techo de D.

Había sido el único en morir.

«Le construyeron una barbacoa encima».

«Más bien parece un suicidio», dijo lleno de calma mi tutor.

El edificio estaba declarado inhabitable y él quiso correr el riesgo de seguir adentro.

«Hablé con su exmujer en el reconocimiento del cadáver. Será mejor no remover las cosas».

Exmujer, exprofesor… Ya estaba de lleno en el tiempo que parecía corresponderle.

«Voy a hacer un café», consideró mi tutor.

Yo me fui al baño. Algo que no sabría explicar, una sospecha, hizo que empujara otra puerta, y entrar a la habitación del final del pasillo fue como entrar a otra casa.

El piso había sido levantado y era apenas de cemento sin frotar. En una esquina se alzaba un horno hasta la altura del techo y en otra quedaba la vieja mesa de dibujo de cuando mi tutor era estudiante. Al avanzar, con cuidado de no hacer ruido alguno, una cuerda rodeó mi cuello.

Tendida de pared a pared, colgaban de ella papeles humedecidos que la oscuridad me dejó reconocer como billetes. Junto al horno encontré una maleta llena de monedas como la que yo había sacado del cuenco. Hechas de la misma aspereza del piso de la habitación, habrían salido de aquel horno. Mi tutor alquilaba el cuarto al hombre de la terminal no precisamente como dormitorio.

Oí ruidos de afuera y sólo tuve tiempo para guardarme unas monedas. Los billetes húmedos, raros también seguramente, quedaron en la tendedera.

«Fue una trampa lo del libro», dijo mi tutor al entregarme la taza.

Si le habían prometido publicárselo, quienquiera que le hubiera hecho tal promesa quería el libro hundido en el derrumbe, debajo de los escombros, sepultado. Razonaba ahora con las razones de su amigo muerto.

«Quiero mostrarte algo», me indicó en voz baja.

Metí una mano en el bolsillo y palpé las monedas robadas. En un estante de libros, junto al extraño plano del cólera, él guardaba un cuaderno de lomo de tela. Le puso un dedo encima y estuve a punto de creer que el estante se abriría a un corredor secreto.

«Si algo pasara», me confió, «aquí están mis notas de lecturas. Es lo único que queda de ese libro».

«¿Qué puede pasar?», pregunté con sonrisa poco verosímil.

El viejo profesor expulsó todo el aire de sus pulmones.

«Un accidente cualquiera».

Se sirvió otra taza de café, como nunca acostumbraba.

«No lo sabía», me dijo. «Cuando te llevé allá, quiero decir. Cuando te lo puse en las manos».

Pregunté qué era lo que no sabía entonces.

«Los que han estado cerca de ese libro han terminado mal», dijo.

Enumeró personas y accidentes. Todo el equipo del profesor D. había encontrado finales poco halagüeños. Pero hasta hace unas horas el autor de aquel libro vivía y lo ocurrido podía tomarse como una cadena de casualidades.

«Ahora quedamos tú y yo».

El asesinato perfecto derrumbaba, con el muerto, la escena del crimen.

«Perdóname».

Pregunté qué debía hacer con esas notas en caso de que sucediera algo.

«Salvarte», ordenó mi tutor.

En la calle, a la luz de la tarde, revisé las monedas. «A mí me ronca arriba», estaba inscripto en una de sus caras. «A mí me ronca abajo», se leía al voltearlas.

∽

De noche, cuando el derrumbe dejó de ser atendido por curiosos, estuve allí. Un perro daba vueltas y se coló entre los escombros, en busca de algo. Después alguien silbó, unos pedazos de pared se removieron, y el perro salió del túnel que había excavado. Al fondo, como en esos juguetes de niñas a los que se les abren las fachadas, la única pared en pie conservaba los rótulos de calles del profesor D. Y me acordé del título de un libro que él planeaba escribir: *Un arte de hacer ruinas*. Entre volverse un tugur o ser un muerto, había elegido lo segundo.

Después de la muerte de D., lo primero que hacía cada mañana era asegurarme de que mi tutor se encontraba sano y salvo. La tesis avanzaba lentamente y la puerta de la habitación del fondo no volvió a estar abierta. Una tarde en que estuve solo en el estudio, mientras hojeaba el cuaderno de lomo de tela, vi reflejado al huésped de la habitación del fondo en un cristal y, al volverme, no lo encontré ya.

A la siguiente mañana nadie levantaba el teléfono de aquella casa. Hallaron a mi tutor sentado en una de las butacas de su estudio, muerto. La luz entraba por las ventanas como hacía mucho tiempo. En la biblioteca faltaba el cuaderno y la habitación del fondo guardaba solamente una mesa de dibujo. Ni rastro del horno y la tendedera de billetes falsos.

«Infarto del miocardio», dictaminó el forense.

La muerte parecía haberlo encontrado en su butaca mientras reposaba. No se le había desplomado el techo encima y no se percibían señales de violencia en el cadáver. Tenía puestas sus gafas de leer sin libro alguno a mano, hojeaba seguramente el cuaderno robado.

«Salvarte», me había aconsejado.

Yo guardaba en un bolsillo las únicas pruebas del extraño trabajo clandestino en la habitación del fondo, y no tenía claro qué participación había sido la de mi tutor en ello.

❧

Durante semanas mantuve la vigilancia por los alrededores de la estación de trenes, me vi obligado a abandonar el trabajo en mi tesis. Una tarde, a punto de desistir ya, vi bajar de un tren al antiguo huésped de mi tutor.

Cargaba la maleta que ya le conocía y hablaba con una mujer que lo sobrepasaba en estatura. A diferencia de otros recién llegados, no llevaba prisa. Fuimos de aquí a allá en paseos inútiles. Por lo nimio de sus ocupaciones sospeché que esperaba la hora de una cita.

Ya de noche lo seguí por una avenida sin iluminar. Los árboles hacían más oscuro el sitio y él se detuvo ante la boca de un túnel que debía ser refugio antiaéreo. Miró hacia todos lados sin conseguir verme, abrió una reja y entró.

Un auto iluminó por un instante el sitio y estuve a punto de convencerme de que nada era real, ni la reja sin cierre en la boca de un túnel, ni la pared de piedra detrás de los árboles. Yo seguía a un desconocido sin saber bien para qué.

Dentro del túnel, demoré en descubrir claridad suficiente. Abrí una cuchilla que llevaba conmigo y traté en vano de escuchar pasos. La poca altura obligaba a avanzar encorvado. Pronto el piso se volvió de cemento y llegué a la intersección con otro túnel completamente a oscuras, de diámetro más grande.

Unos tablones de madera indicaban la continuación del camino, por el suelo corrían hilos de agua.

«Un ramal del metro que no será», me dije.

Aumentó la pendiente, el cemento rugoso se agarraba a las suelas de los zapatos. Creí escuchar pasos, me detuve, pero al silencio que hice no lo interrumpió nada. La iluminación empezó a ser brillante y descubrí que el camino desembocaba en una gran luz. Debía tratarse de otra intersección, esta vez iluminada. Cuando un brazo me detuvo, dejé caer la cuchilla.

Detrás de los barrotes de una de las paredes, una mujer me extendía su brazo. Miré el tinte encendido de su pelo, la cuchilla en el piso y la luz del final, más allá de la cual no parecía haber nada.

«A mí me ronca arriba», pronunció con la mano extendida.

Apilaba monedas como las que yo guardaba en mi bolsillo. Hizo un gesto de impaciencia y lo aplaqué, dejé una de esas extrañas monedas en su mano.

«A mí me ronca arriba», repitió sin dejarme pasar.

«A mí me ronca abajo», completé la contraseña.

Si a tantos metros bajo tierra se abría una taquilla, el espectáculo que me esperaba tendría que ser muy raro. Di un paso atrás y la cuchilla ya no se encontraba. Al final del túnel la luz brillaba más que en un día soleado. El espacio, una vez que se entraba a tanta claridad, era enorme. Reflectores dispuestos en el techo no permitían imaginar que existiera techo alguno. Un cielo de playa, de radiante verano, se abría sobre mi cabeza.

Pocas cosas ocupaban ese espacio que parecía no tener fin. No se veía a nadie y la desolación de tan gran lugar no invitaba a avanzar. Sería tan aburrido como recorrer un sol. Luego percibí unas líneas, un plano de ciudad trazado a escala natural. Y no demoré en ver, aquí y allá, distantes unas de otras, algunas edificaciones. El entendimiento, lo mismo que la vista en medio de tanta luz, se abriría poco a poco a certidumbres que prefería no tener. Así que intenté el regreso.

Pero me fue imposible hallar salida. Había llegado a una ciudad de pesadilla y no sabía despertarme. Saqué las monedas en espera de algo que no ocurrió y me acordé, sin razón, de la esquina de Cuba y Lamparilla. O con no menos razón que la de estar en aquel sitio bajo tierra.

De no salir inmediatamente, tendría que reconocer que allí existía una ciudad muy parecida a la de arriba. Tan parecida que habría sido planeada por quienes propiciaban los derrumbes. Y frente a un edificio al que faltaba una de sus paredes, comprendí que esa pared, en pie aún en el mundo de arriba, no demoraría en llegarle.

Se trataba del edificio del profesor D. levantado de nuevo. Yo tendría que cruzar su entrada y buscar la puerta que contenía una puerta más pequeña, tendría que cerciorarme de que era en todo igual. Sólo así, más entrampado aun que al atravesar una taquilla y meterme en tan gran luz, habría llegado a Tuguria, la ciudad hundida, donde todo se conserva como en la memoria.

ಲ

«Mi pensamiento está muy lejos, en la soledad de Bethmoora, cuyas puertas baten en el silencio, golpean y crujen en el viento, pero nadie las oye. Son de cobre verde, muy bellas, pero nadie las ve. El viento del desierto vierte arena en sus goznes, pero nadie llega a suavizarlos. Ningún centinela vigila las almenadas murallas de Bethmoora, ningún enemigo las asalta. No hay luces en sus casas ni pisadas en sus calles. Está muerta y sola más allá de los montes, y yo quisiera ver de nuevo a Bethmoora pero no me atrevo».

Le escuché muchas veces a mi abuelo esta frase. Aprendí sus palabras sin comprenderlas del todo, sin saber si aludían a una ciudad real o imaginaria. Y como ocurre con tantas citas de la memoria, su momento definitivo le llegó tiempo después, inesperadamente.

A petición de Ochún

«¿A qué sabe la carne de elefante?», me pregunta por señas mi aprendiz.

Cuarenta años en una carnicería del Barrio Chino me han hecho cortar carne de todos tipos. Yo era un niño cuando vine a trabajar con el maestro Chang. Tenía respeto por los cuchillos grandes, y miedo de la carne cruda, y de lo que aparecía al abrirse el vientre de los animales. Me daba náuseas el olor de la sangre, recogida en palanganas en la trastienda. Todo lo que ahora sé, y que intento enseñar a ese muchacho mudo que me enviaron de aprendiz, me lo enseñó el maestro Chang.

El secreto del carnicero del emperador Wen-hui lo supe de su boca. Una vez cada veinte años, el carnicero del emperador se aprestaba a afilar su cuchillo. No era un cuchillo mágico ni mucho menos. Puede que su metal ni siquiera fuera mejor que el metal de los que usamos nosotros, pero el cuchillo del carnicero del emperador Wen-hui no perdía filo al cortar porque la mano lo metía por los huecos que ya existían en la carne. Conocer lo que va a ocurrir de un momento a otro, adivinar el tajo, cumplir un movimiento de mano como si al hacerlo ya hubiese ocurrido y fuera inevitable: aprendí todo eso con el maestro Chang.

«Cortar es criminal», aseguraba en el mismo momento en que traspasaba con metal la carne. «Un acto de vulgaridad contra el cielo».

La vida de mi maestro fluía del mismo modo en que cortaba sin cortar. Acostumbraba repetir un aforismo: «Ninguna violencia, ningún enarcamiento». No tuvo hijos ni se le conoció mujer. Me confesó una vez que una sola erección lo habría subrayado para siempre. El maestro carnicero Adolfo Chang vivió laciamente hasta la noche en que salió del «Aguila de Oro», donde ponían la historia de la última emperatriz. A la salida del cine encontró a tres adolescentes que buscaban uniforme para una academia de judo y que, con tal de sacarle la ropa, lo golpearon hasta dejarlo muerto.

Por esa época me encontraba en la cárcel. Los viejos del Barrio Chino, que antes no habían movido un dedo para aliviar mi situación, juntaron fuerzas entonces para sacarme. No estaban dispuestos a que los sirviera un carnicero sin el secreto del carnicero del emperador. Y yo era el discípulo del maestro muerto, era un eslabón en la cadena de poseedores del secreto.

«Ninguna violencia, ningún enarcamiento», hice que escribieran en la tumba.

Como no tenía familia, habían enterrado al maestro en el panteón de un casino a donde nunca entraba. Él, que no soportaba los alardes de quien traba una salida a sabiendas, reposaba entre viejos jugadores de dominó. Toda la discreción guardada durante su vida había preparado la explosión de esa muerte por violencia, en la calle.

A mi regreso a la carnicería, me esperaba el aprendiz que había tenido el maestro durante mis años de cárcel. Lo vi cortar y no tenía ni asomos del secreto. Supe enseguida que duraría poco allí.

Tampoco la lección de impasibilidad del difunto maestro servía de algo con él. La discusión con una clienta acerca de un cuarto de libra lo dejó claro desde el primer día. Yo mismo tuve que abandonar mi trabajo y colocarme entre Ignacio y la clienta. Terminada la pelea, el cuarto de libra en discusión quedaba a favor nuestro. No sé qué pensaría a propósito de esto el carnicero del emperador Wen-hui, pero así resultaban las cosas. Estábamos en el Barrio Chino. La carne de res aparecía muy poco y los pollos llegaban cada vez más albinos de Bulgaria. «Apestas más que un pollo bogomol», se convirtió en insulto entre nosotros.

Pronto comprendí que Ignacio era capaz de trabajar sin tropiezos hasta que algún accidente, algún reclamo, le impidiera pensar en su mujer. Pues necesitaba todo el tiempo para pensar en ella, era recién casado. Había hecho boda de adolescente al modo tradicional chino, menos por cumplir con las viejas costumbres que por dormir todas las noches con su novia Lumi.

Luminaria Wong, a diferencia de Ignacio, no era completamente china. Para usar una manera rápida de describir tanta belleza, Lumi era una mulata china. Tenía un color de piel que no acababa de resolverse y que cambiaba como cambia en las demás mujeres el color de las pupilas. Lo mejor de aquella piel se ganaba, seguramente, en la oscuridad.

«Oro viejo en gruta», habría dicho mi maestro de estar vivo, y de haber sido otro su carácter.

Estaban, además, sus ojos. Uno podía explicarse la piel de Lumi por entrecruzamientos de familias, pero para el origen de sus ojos se enredaba en la historia algo animal. Asomado a los ojos de Luminaria Wong, uno podía intuir un claro de bosque y algún lejano antecesor suyo en diálogo con un animal hermoso como una aparición. Los ojos de Lumi venían de ese animal.

Después del casamiento, Ignacio trató de que nadie mirara esos ojos, de que nadie tuviera pensamientos acerca de esa piel. Quería a su mujer para él solo e intentó, sin demasiada suerte, guardar a Lumi en casa. Pero el secreto de la belleza de su esposa consistía en dejarse ir, en derrocharse como carcajadas. Para su bautizo habían querido llamarla con un nombre que significa en chino «La Alegría del Mundo, y no hay Otra».

Mi ayudante en la carnicería no tardó en consultar al sabio del casino de su familia. En un pequeño cubículo a donde no subía el sonido de las fichas de dominó ni la algazara de los brindis, pidió al sabio noticias de su matrimonio. El sabio se había emborrachado escandalosamente en la boda de Ignacio y Lumi, a Ignacio le costaba trabajo creer en él después de aquello.

Lo vio desenvolver con sumo arte un tapetico verde medio deshilachado. Lo escuchó decidir que por esta vez sería mejor dejar en su herrumbre a las monedas y consultar a los tallos de milenrama. Milenrama llamaban, por la cantidad de parientes, a la familia de Ignacio. Y la alusión hizo que Ignacio viera al sabio con mejores ojos. Apretó en un haz los tallos del oráculo y supo que apenas aflojara la mano lo inevitable caería.

«El trabajo en lo echado a perder», pronunció la voz del cubículo.

Enseguida intentó explicar que no constituía forzosamente un mal augurio, pero Ignacio no lo oía ya.

«Echada a perder», pensaba de su mujer, de Lumi.

La doctrina del carnicero del emperador Wen-hui descansa en meter el cuchillo por huecos que ya existen en la carne. Fuera del secreto, Ignacio tampoco sabía atravesar los gestos y pensamientos de su esposa.

«¡Echada a perder!», la insultó con la primera bofetada.

Después de la sorpresa, Lumi trató de devolver el golpe, y recibió más golpes todavía. Ignacio persiguió a su mujer por toda la casa hasta que ella consiguió meterse bajo el lavadero.

«Sál o va a ser peor», le advirtió.

Mientras estuviera agazapada allí, no podría golpearla. Lumi pidió que la dejara en paz.

«¿Qué te he hecho?», aulló desde su refugio.

¿Qué le había hecho Luminaria Wong? Lo mismo que algunos clientes molestos de la carnicería, no lo dejaba pensar en su esposa. Pues no era Lumi la que vivía ahora con él. Era alguien parecida a ella que, con gestos, con palabras, quería borrársela. Preguntó por última vez si no saldría.

«Primero véte», contestó Lumi. «Esta es mi casa».

El clavó entonces unos barrotes bajo el lavadero, hizo del refugio de Lumi una cárcel. Y se marchó. No llegó a escuchar los gritos de su mujer pidiéndole perdón con tal de que no la dejara encerrada allí.

«Oro viejo en gruta», habría dicho al verla tras los barrotes el maestro Chang.

෭෨

Igual que siempre, Ignacio Milenrama se marchó a su trabajo. A la salida lo invité a un almacén en los límites del Barrio. Un conocido quería pagarme un favor, había hecho un escondrijo de sacos apilados para que nadie viniera a interrumpir la fiesta y nos rodeaban altas paredes de sacos de arroz.

«Parecemos gorgojos», dijo el peletero que también iba a cobrarse lo suyo.

«¡Felices gorgojos!», el del almacén sacaba las chapas de las botellas con sus dientes de oro.

Ignacio bebió hasta que el encierro donde nos encontrábamos le recordó a su esposa. La tomó entonces con aquel pobre tipo, el peletero.

«Llévate a tu ayudante», me pidió el del almacén.

«Aguaste la fiesta», le advertí a Ignacio.

«La próxima vez», contestó con la lengua enredada.

No habría próxima vez, nunca aprendería el secreto del carnicero del emperador. Echó a correr hacia su casa sin despedirse y, mientras corría, gritaba insistentemente algo que no llegué a entender, pero que pudo ser el nombre de su esposa. Creí que el muchacho derretido de amor, recién casado, iba en busca de su novia.

Esa noche, cuando Ignacio llegó al lavadero, Lumi no estaba allí. Los barrotes permanecían tan clavados como él los dejara y todas las pertenencias de su mujer habían salido. Parecía cosa de magia.

Los Wong decían no saber nada de ella, la policía no la llevaba en sus registros. Todos los Milenrama se volcaron a averiguar el paradero de la nuera perdida, cayeron sobre el Barrio Chino como los tallos del oráculo sobre el tapete verde. Luminaria Wong no se encontraba en ningún lugar del Barrio. La ciudad se extendía más allá del Barrio Chino, el país se alargaba en cuanto se cruzaran los límites de la ciudad. Desde el primer momento de perderla, Ignacio supo que no amaría a nadie como a Luminaria Wong. A nadie en toda la tierra, lo descubrió en el espejo oscuro de un hígado de vaca.

«Puede que haya atravesado el mar», consideró junto al tanque donde echábamos ventrechas.

Miraba a la tienda de enfrente como si allí estuviera la línea del horizonte y Lumi fuera a salir de una de las paredes, aparición tan mágica como su fuga.

Por esos días le presenté a la hija de mi mujer, hija del primer matrimonio de mi tercera esposa, con el deseo de que le encajara los golpes que ella necesitaba para asentar cabeza. Pero no ocurrió nada entre ellos.

«No funcionó», me confesó mi ayudante al otro día.

Le dije que no se preocupara, que había veces en que sí y veces en que no.

En adelante, para Ignacio todas las veces fueron veces en que no. Llegó a darle verguenza hincar el cuchillo en la carne a la vista de los clientes, tuvo que hacer su trabajo en la trastienda.

«Estás más enredado que un papel en chino», diagnosticó un santero de sólo mirarlo.

Ignacio se había atrevido a levantar la mano a una hija de Ochún, la diosa del amor y la alegría.

«Lumi, hija de Ochún», empezó a comprender mi ayudante. «Por eso su piel y su paso y el pelo por la espalda y el gusto por pulseras y esos ojos…»

Los ojos de Lumi le parecían ahora los de una diosa. Miró a los del santero y vió en ellos a los ojos de Lumi. Venían desde muy lejos para enfrentarse a él e, instantáneamente, se convirtieron otra vez en los ojos cansados del hombre a quien consultaba. Los ojos del santero habían visto el hueco bajo el lavadero y los barrotes con que Ignacio pretendiera enjaular a la hija de Ochún.

«Corazón de elefante», anotó en un papel para Ignacio.

«Lo único que puede salvarte de la ira de Ochún», le explicó, «es ofrendarle un corazón de elefante macho».

Ignacio no tuvo tiempo de considerar lo raro del pedido, preguntó solamente a dónde tendría que llevar su ofrenda.

«Consíguela primero».

La mirada del santero no daba mucho crédito a aquel muchacho chino.

«Luego Ochún dirá».

«¿Ochún va a devolverme a Luminaria?», preguntó mi ayudante del mismo modo que si calibrara un negocio.

«Ochún no la tiene. Ella es hija de Ochún».

«¿Y entonces qué saco yo de ese corazón?», dijo Ignacio sin abrir la boca.

«Ochún te tiene a ti. Y tú querrás salir de esto».

«Después de dar mi ofrenda, ¿puedes hacer que ella vuelva conmigo?»

El santero hubiera asentido igual si él hubiera propuesto una cita para dentro de dos siglos.

«Este no toca un elefante ni en sueños», se dijo.

Un corazón de elefante macho era el modo en que Ochún decía imposible.

«¿Y qué se hizo del elefante del zoológico?», preguntó Ignacio al otro día.

Estábamos los dos solos detrás del mostrador. Yo cerré el periódico y lo miré fijamente.

«¿No hay un elefante en el zoológico?», volvió a preguntar.

«Había».

«¿Murió?»

«La mataron».

೧

Cuatro carniceros nos habíamos reunido para matar a la elefanta del zoológico. El maestro Chang, que entonces vivía, no estaba al tanto de la empresa, pero yo cargué con sus cuchillos. Aprovechamos una noche de tormenta para que el único disparo con que la mataríamos no llegara a ser oído por los guardas del parque. Después del disparo, contábamos con una noche para destazarla. Una noche y una bala.

Para matar a un elefante es preciso trazar una línea imaginaria que corra de oreja a oreja. Se apunta a esa línea, preferentemente lo más al centro posible. En todas nuestras visitas al zoológico apuntábamos mentalmente a la elefanta.

La noche elegida era oscura y llena de relámpagos. Ninguno de nosotros sentía pena por lo que fuera a pasar. Mejor que eso, teníamos miedo. Matarla sin que nadie lo supiera no era poca cosa, y encima se nos cansarían los brazos de sacarle rebanadas a la mole. Y habría luego que cargarla. Eramos, sin embargo, cuatro carniceros rápidos, y el tipo del camión llevaba el arma.

«Con un solo paquete llenamos el mercado», no nos cansábamos de repetir.

Nos haríamos ricos.

Llegamos en el camión a la calle más cercana al foso de los elefantes y saltamos la reja. Pudimos escuchar bajo la lluvia el ajetreo de los animales en sus jaulas. La mala noche no los dejaba dormir. La elefanta era enorme, parecía dormida y se encontraba mal dispuesta para el tiro, de perfil.

A la luz de un relámpago descubrimos el camino de bajada. Se encontraba reblandecido por la lluvia. El chofer del camión tendría que bajar hasta el fondo. Nos miró a todos de uno en uno y supo enseguida que ninguno de nosotros bajaría con él.

«No hay que arriesgarse», murmuró.

Terminaba de bajar la pendiente y enseguida estaría dispuesto para el tiro, pero la lluvia hizo que resbalara. Aterrizó en el fondo, con el rifle a un par de metros de él. El golpe de su caída despertó a la elefanta y, desde arriba, lo dimos por perdido. La elefanta, sin embargo, era vieja y perezosa, y gastó demasiado tiempo en hacerse entender qué ocurría frente a ella. El nuestro consiguió recuperar el arma, adivinar la llegada de un trueno, apuntar y tumbarla. El animal empeñó sus últimos instantes en mirar al cazador, tuvo un último gesto de miope y cayó redondamente.

También nosotros caímos sobre ella. Era una loma de dinero tremenda. Dimos dos o tres vueltas alrededor antes de decidirnos, y a uno se le ocurrió entonces la idea de templársela.

«Esperen un momento. No la corten», nos pidió.

No teníamos tiempo que perder.

«Va a ser muy rápido», aseguró. «Es que las que me gustan son las gordas».

Tenía abierto el pantalón y se aprestaba.

«Mientras éste hace lo suyo nosotros empezamos», convinimos.

Pero el amante de las gordas nos oyó.

«Un minuto nada más», ya ejercía su derecho sobre la animala. «De contra que está muerta, no me la vayan a abrir».

No tardamos en entrarle a la carne. El del camión, de suficiente sangre fría para la caza, se asqueó de vernos desguazar a la elefanta con cuatro machetes. La tierra del foso se llenó de sangre y, en cuanto le caía lluvia encima, salía humo de la sangre. Un animal crecido para destrozar selva, tiene que dar tanto trabajo como la selva al cortarse. A la luz de los relámpagos conseguíamos sacar en claro los huesos, pelamos a la giganta hasta que oímos el ruido de un motor.

«¡El camión!», soltamos los cuatro carniceros a coro.

Yo tenía enfrente la garganta rosada y le desprendía la lengua. Subimos a la carrera y resbalábamos a cada intento. Fuera del parque zoológico, en la calle, no nos esperaba ya ningún camión.

El amanecer sería tan puntual como siempre, y allí estábamos nosotros con el mayor cargamento de carne ambicionable, sin ningún medio de escapar con ella. Metidos en un hueco, como la difunta elefanta en su foso.

«Cada cual que cargue con lo que pueda», acordamos.

Y sacamos del foso cuatro pesados sacos. Había dejado de llover, amanecería en un par de horas. Con lo que no contábamos, además de la fuga del camión, era con el hambre de los otros animales. En el aire limpiado por la lluvia pudieron percibir muy claramente desde sus jaulas el olor de la sangre de la elefanta. Y empezaron a rugir. Todos los carnívoros de los alrededores nos pedían su ración. Fue el hambre de aquellos animales quien nos delató. En la cárcel pensábamos también en una posible delación del hombre del rifle…

«De todos modos no hubiera servido», determinó Ignacio. «Tiene que ser un corazón de macho».

Asentí.

«Carne de macho para Ochún».

Tanto tiempo después de nuestra noche de cacería en el parque zoológico, el foso de los elefantes continuaba vacío. Ni siquiera furtivamente Ignacio podría conseguir su corazón.

Una tarde, dejó el trabajo del cuchillo y miró a la tienda de enfrente, a su horizonte particular.

«¡África!», rompió en un grito.

Los dos o tres clientes que esperaban me miraron en busca de una explicación.

«África», confirmó Ignacio. «Me voy a la guerra».

⁊

Teníamos, para quien quisiera ver elefantes sueltos, nuestras guerras en África. E Ignacio Milenrama se alistó. La guerra vendría bien a su temperamento. Un buen susto, la muerte casi, un poco de recuerdos peligrosos con que avivar sus otros días… El deseo de mujer, sin salida allá, lo haría desear a cualquiera en lugar de Luminaria. Puede que Ochún, al decirle «Corazón de elefante macho», dijera para Ignacio: «Véte a África, expónte y te perdono». Tal vez no necesitaría traer en su mochila de campaña el pedrusco de carne.

Los viejos del Barrio Chino me enviaron enseguida otro aprendiz. Mudo y más joven que Ignacio, quizás aprendería mejor. Durante varios meses no supe nada de mi ayudante anterior. Una mañana, el mudito me trajo una postal enviada por los Milenrama. En ella Ignacio había garabateado unos saludos y en la otra cara venía una imagen del desierto de África.

Me pareció estúpido enrolarse en una guerra que lo condenaría al desierto, resultaba inútil para Ignacio. Unas semanas después de la postal, luego de mucho tiempo sin aparecer, vi pasar por la calle a Luminaria Wong. La acompañaba una hermana menor. Luminaria echó una ojeada al interior de la carnicería, miró al muchacho mudo que ocupaba el lugar de su esposo, y siguió camino. La llamé, pero ni siquiera conseguí que se volviera. Dio incluso un empujón a la hermana menor para apurarla.

Me habría gustado contarle lo que su esposo había sentido ante su desaparición, enseñarle la pared de enfrente donde la buscaba. Eran un par de niños todavía, podrían perdonarse… Durante un año no tuve más noticias de mi único conocido en África. Hasta el día en que Luminaria Wong vino a la carnicería con dos de sus hermanos y un paquete.

Los muchachos pusieron el paquete sobre el mostrador. Me fijé en que el envoltorio traía cuños militares. Desenvuelto por mi ayudante, sobre el mostrador de la carnicería reposaba un enorme bulto de carne. Lumi no quitaba sus ojos de ella, los levantó hacia mí por un instante.

«Sabes que significa, ¿no?»

Le contesté que sí.

«Quiero que seas tú quien la corte», me pidió.

No estaba claro aún para el cuchillo el camino a los huecos, tendríamos que esperar. Mientras la carne se descongelaba, ella podía contarme lo que supiera de Ignacio.

Primero había pasado malos meses en el desierto, supo ella. Luego la guerra se trasladó más cerca de la selva, hacia las grandes lluvias. Ignacio se acostaba cada noche con la felicidad de estar vivo un día más, cada mañana lo despertaba la esperanza de que tal vez en aquel nuevo día ocurriría su encuentro con los elefantes. La guerra, sin embargo, hacía que huyeran las manadas. Los animales le dejaban la selva a los hombres. Tendría que alejarse de la tropa para encontrar el rastro de una manada.

«Lejos, lejos», señalaban al horizonte los nativos.

En un mercado entre chozas compró un amuleto hecho de marfil, un sonajero contra los malos espíritus. Por dos latas de carne estofada se hizo de una banda de cuero de elefante.

«¿Qué haré tan lejos del Barrio Chino cuando consiga el corazón?», debió preguntarse en las noches de guardia, cuando estaba más solo y la noche lo rodeaba por todas partes.

Se encontraba metido en el foso de la guerra, pero escuchaba la voz del negro santero que le aseguraba: «Consíguelo, luego Ochún dirá».

Una noche en que llovía dejó sin cumplir su turno de guardia, abandonó el campamento y llevó un arma consigo. Debajo de la guerrera se había envuelto el torso en la piel de elefante y el amuleto le colgaba del cuello. Se apartaba de la guerra para adentrarse en su verdadera empresa, aquella que lo llevaría hasta los grandes animales.

En su viaje Ignacio estuvo a punto de caer en manos del enemigo y de milagro escapó.

«Ochún lo quiso», se dijo.

Caminó largas jornadas internándose en la selva. Envuelto en la piel y protegido por su amuleto, se adentraba cada vez más en el corazón del continente. Avanzó hasta dar con el rastro de una manada y siguió aquel rastro durante dos días. Después hizo un largo desvío para adelantarse a los animales, y aguardó por ellos en un sitio donde seguramente se detendrían a beber.

No tuvo que trazar la línea imaginaria de la muerte que va en los elefantes de una oreja a otra. A la primera ráfaga consiguió que el guía de la manada se arrodillara sobre sus patas delanteras. Alrededor tembló la tierra y el aire se llenó de berridos.

La sangre salía del elefante con la densidad de una tela pesada. Ignacio remató al animal con otra de sus ráfagas.

Buscó con su cuchillo la entrada al corazón del animal. Manejaría el arma con un poco de la pericia aprendida en la carnicería del Barrio Chino. Cortó las ligaduras, y el corazón cayó sobre la hierba empapada de sangre. Ignacio se alejó unos pasos para alzar al cielo del claro la ofrenda del corazón.

Lo dedicó a la diosa con ojos de Lumi. Ahora se encontraba en paz con ella, ya había expiado su culpa suficientemente. Con el corazón alzado al cielo sin una nube, vió aparecer un helicóptero. El helicóptero se detuvo en el cielo del claro y, por un altavoz, Ignacio oyó su nombre de soldado.

«Ochún lo quiere así», bajó su ofrenda.

Le dieron órdenes de soltar el arma y de entregarse. Dejó el corazón sobre hierba limpia de sangre, miró por un segundo las hojas de hierba quemadas por el paso de los elefantes y desechó, si la tuvo, la idea de escapar. Se entregó sin protestas a la corte militar que lo sentenció a muerte. Fue a morir sin amuleto y sin piel de elefante que envolviera su torso. Pidió únicamente que le fuera concedido un deseo, un último deseo: debían entregar el corazón del elefante muerto a su esposa en el Barrio Chino, Luminaria Wong.

«Murió entonces», le dije a la muchacha.

«Sí».

La gran bola de carne había formado un charco a su alrededor.

«Deshonrado», agregó Luminaria.

«No fue a buscar méritos», le dije. «Fue a la guerra porque te quería».

«Sí».

Tocó con un dedo la montaña de carne.

«¿Puedes cortarla ya?»

Claro que podía. Mi ayudante entendió que asistía a un momento importante de su aprendizaje.

«Más finas», pidió ella.

Quiso que me quedara con un par de libras y mi ayudante se aprestaba a pellizcar algo también. Pero me pareció que aquella carne pertenecía completamente a ella. Así fue cómo, por segunda vez, corté carne de elefante sin llegar a conocer su sabor. Unos días después, Luminaria me comentó que, al comerla, la carne le había traído sueños raros.

El verano en una barbería

I.

La fachada seguía a medio pintar y, al final, seguramente iba a quedar chillona. Una plancha de madera sustituía, a falta de otro de esas dimensiones, al cristal de la puerta. Igual que todos los viernes, en cuanto empujé la puerta cambiaron de conversación. Y luego de semanas sin aparecer, estaba el Ronco.

Me vi en la obligación de decirle que su aspecto había mejorado.

«No lo creas», contestó casi sin voz, ajustándose el pañuelo que le cubría el cuello.

Iba a morirse pronto.

«Nada de café», advirtió Lilo.

Un negro joven estaba sentado en el único sillón de la barbería, su cabeza colgaba hacia delante y Lilo le daba formas de letras al pelo de la nuca. Eran tres letras: «YGP».

«Sus iniciales», me explicó Manín.

El sillón dio un giro y los ojos del negro quedaron frente a mí. Demasiado fija la mirada para no haber fumado hierba, pero al menos en el aire de la barbería no quedaba ni rastro.

«Se llevaron a la vieja que lo hacía», dijo Lilo del café.

Yo debía tener noticias de la detención de la vieja y no sabía nada.

El negro saltó del sillón con sus tres letras en la nuca.

«Menos trabajo para Argelio», comentó Lilo al cerrarse la puerta.

Manín y el Ronco me miraban como si yo ocultara el paradero de la vieja del café.

«¿Quién es Argelio?», le pregunté a Lilo.

«El barbero de la cárcel».

«¿Y esa mujer del café no es tía de tu mujer?», pregunté a Manín.

Contestó que en casa de su suegra no sabían nada.

«Nos jodimos entonces», concluí.

Al Ronco le empezó una risa de fuelle.

«Siéntate aquí, anda».

Lilo me llevó hasta el sillón. La vieja había salido a buscar café a la loma, sólo eso. Y además era verano, el primer viernes del verano y el Ronco había vuelto de uno de sus hospitales, el aire acondicionado no enfriaba mucho allá adentro, y mejor que el café vendrían unas cervezas.

«¿De dónde las cervezas?»

Manín hacía la colecta. Cerveza era cerveza, cada botellita sellada, las tomaríamos tal como habían salido de la fábrica. Pedí entonces estar en la compra.

«No te me bajes de ahí», ordenó Lilo.

Manín salió por la izquierda. Lilo encendió un cigarro y las dos mejillas de su cara de chivo se juntaron para una larga chupada.

«Así mismito lo hubiera hecho yo», prometió la mirada del Ronco al cigarro.

Cuando un par de policías abrieron la puerta, Lilo no tuvo más que echarme una ojeada.

«Estoy con éste», señaló hacia mí, «Vuelvan mañana».

Los policías dudaron por un momento, miraron hacia mí y se fueron. Lilo los retuvo un momento con tal de averiguar si Argelio continuaba de barbero en la cárcel. Allí seguía.

«Este mundo es un pañuelo», sentenció el Ronco y volvió a arreglarse el que le cubría el cuello.

Ahora Lilo y el Ronco parecían satisfechos de mi aspecto. Echaría a perder cualquier gestión de contrabando, unas cervezas por ejemplo, porque imponía respeto incluso a la mismísima policía. Conmigo estaban seguros.

Cuando Manín desenvolvió las cervezas, Lilo las escondió en el aparato de calentar toallas y El Ronco se apuró en llenar cafetera y tazas.

«Si pasa la inspección», empezó a advertir Lilo, pero se le llenaba la garganta de espuma.

«Decimos que es café», completó Manín.

«Té vietnamita», contestó Lilo.

«Será vietnamita», sentenció el Ronco, «pero es la vida misma».

Contando con que la fábrica de cervezas queda a seis horas de carretera, con que los almacenes donde las rastras hacen sus entregas están por el puerto, con que Manín dobló a la izquierda al salir de la barbería y no demoró ni diez minutos en traerlas, podía calcularse que aquellas cervezas…

«Este era un santero», empezó el Ronco. «Lilo, tú tienes que conocerlo de cuando vivía en tu barrio».

Lilo y el Ronco ajustaron enseguida la identidad del tipo como un contrabando más, de manera que yo no alcanzara su nombre. Sí, Lilo lo conocía de vista y ahora se daba cuenta de la cantidad de tiempo que llevaba sin verlo.

«Es que», puntualizó el Ronco, «ya ese hombre no está aquí». La frase sonó fúnebre en su boca.

«Si yo les digo dónde es que vive ahora, no me lo van a creer».

«¿Dónde?», Manín abría el calentador de toallas.

«Tengo que hacer el cuento desde el principio», determinó el Ronco.

«Manín, cógelo con calma», le advirtió Lilo.

«Y todavía cuando lo cuente no van a creérmelo», anunció la voz rasposa.

«Entonces no lo cuentes, Ronco», pidió Manín.

Pero ya el Ronco iba a lo suyo.

«Este santero tenía un altar grandísimo en una de las habitaciones de su casa. Sin conocer nada de carpintería, había hecho el altar con sus manos. Y sin saber nada de costura, cosió el vestido y la capa del santo. Le buscó, en un momento en que no aparecían ni en los centros espirituales, una guirnalda de bombillitos. Y consiguió, gracias a un barco griego, una manzana. Una manzana roja, de verdad, griega. Y puso la manzana como ofrenda en el altar y cuando la manzana dio la primera señal de pudrición la cubrió de barniz para que no le entrara ningún bicho».

«Con el tiempo, con cada mano de barniz para preservarla, la manzana se hacía menos roja y tomaba, poco a poco, el color de la madera del altar. Parecía mejor una manzana de madera que una fruta viva, del fuego rojo de su cáscara casi no quedaba nada».

El Ronco me miró por un segundo antes de proseguir. Calculé que ahora vendría lo espinoso de la historia.

«La vida del santero era igual que aquella manzana puesta de ofrenda en el altar. La cáscara de su corazón desaparecía, iba a volvérsele madera, y tenía que tomar alguna decisión».

«No entiendo», cortó Manín.

«Que el tipo quería irse», resolvió de una vez Lilo.

«Quería irse, sí. Tendría que salir clandestinamente, burlar la vigilancia de los guardafronteras y afrontar la odisea del mar abierto. Sin conocer nada de carpintería, tendría que inventar su propia balsa. Y pronto estuvo seguro de que debía conformarla con la misma madera del altar, con aquellas mismas tablas».

«No tenía otra madera», consideró Manín.

«El santo, por el contrario, no quería moverse de allí. Prefería la ofrenda de manzana embalsamada antes que todas las manzanas frescas que pudiera darle el viaje. Y le anunció al santero que todo iría bien en su aventura mientras que lo dejara allí, en buenas manos».

El Ronco detuvo su historia por un momento para beberse una taza de cerveza. Vino un cliente y Lilo lo despachó con la excusa de que me pelaba y pelaría a los otros.

«El día elegido para la escapada, fue a despedirse del altar que había levantado sin conocer de carpintería, de la imagen que había vestido sin saber de costura. Por fin había resuelto otras maderas para enrejar una cámara inflada y se largaba».

En el mismo momento en que el santero salía por la costa, entró a la barbería una rubia teñida, el Ronco dejó de hacer su historia y Lilo cayó encima de mi cabeza.

«Va a salirte gratis», me sopló al oído.

Y cortó de verdad, porque había llegado su inspección. Hice por levantarme, pero él me contuvo con una mano huesuda sobre uno de mis hombros y las tijeras abiertas frente a mi nariz.

«Dalia», saludó Lilo.

Ella miraba al único espejo que quedaba en pie de los tres espejos de la barbería.

«¿Por qué yo?», pregunté entre dientes al barbero.

Lilo hizo girar el sillón.

«Mírate», pareció responderme.

Y en el espejo lleno de manchas de humedad nos encontramos la inspectora Dalia y yo.

«En la empresa hay un espejo que pudiera servirte», anunció ella nada más de mirarme. «Te lo voy a mandar».

«Sería bueno», le contestó Lilo.

Dalia comprobó los botones del aire acondicionado.

«Y un mecánico para este equipo», prometió frente a mí.

«No me rebajes mucho», le ordené al barbero.

«Que no intente arreglar el calentador de toallas», era nuestro ruego unánime para aquella mujer.

«¿Lo atienden bien?», me preguntó con suma deferencia.

Manín pidió en voz baja la continuación de la historia.

«Cárcel», creí escucharle al Ronco.

«Cagadas de mosca», ella pasaba su dedo de uña roja por uno de los rincones. «¿Y qué toman aquí?"

Las tijeras chasquearon peligrosamente muy cerca de mi oreja derecha.

«Té vietnamita», soltó al fin el Ronco.

Dalia miró al pañuelo que tapaba el cuello del Ronco.

«¿Quiere acompañarnos?», Manín se atrevió a preguntar.

Podía escucharse cagar a cualquiera de las moscas de la barbería. Si Manín se aventuraba a tanto, era porque yo estaba allí. Dalia rehusó su taza de cerveza, las tijeras se cerraron y mi oreja estaba aún intacta.

«Todo bien, Lilo», dijo ella al despedirse.

«El santero salió en su balsa por el norte, confiado de su suerte, de su santo, y a las pocas horas fue interceptado por una lancha guardafrontera y terminó en la cárcel».

La cárcel no era lugar muy raro para acabar una historia como aquella, así que tendría que seguir.

«Pasó años en la cárcel. Mientras más espantosa está la noche en el campo, más cuentos de aparecidos se hace la gente. En la cárcel, cuando la gente se reúne a hacer historias, los cuentos que se oyen son de gente que consigue escapar».

Por la mirada que se echaron Manín y Lilo adiviné lo que pensaban: allí estábamos nosotros oyendo siempre las mismas historias que los presos, como presos también.

«Y en la cárcel, el santero escuchó las historias de quienes, a diferencia de él, habían conseguido escapar. La de aquel relojero que iba todos los días a la costa a empinar un papalote, con la paciencia que los relojeros tienen, y calculaba los vientos para escaparse al fin en una balsa, empinando un papalote enorme que le servía de vela... La del que alquiló un yate para festejar su cumpleaños con toda la familia, y dentro de la panetela llevaba una pistola con que amenazar al capitán y cuando el capitán le dijo que no traían suficiente combustible para salir de aguas territoriales, ordenó que destaparan las botellas porque había puesto combustible en ellas... La del jinete que embreó su caballo y amarró patas de buzo a sus cascos y...»

«Ronco», le interrumpió Manín, «ya tú has hecho aquí todos esos cuentos».

«Bueno, todos esos cuentos», había en su voz tono de despedida. «Y mientras escuchaba todas esas historias, él se decía que al salir de allí volvería a intentarlo. Porque no había poder, ni en la tierra, ni en el cielo, que le impidiera irse a donde quisiera. Y si lo habían conseguido el relojero empinador de papalotes y el hombre del cumpleaños y el jinete...»

«Toda esa gente», concluyó Manín.

«Lléname la taza y no jodas», le contestó el Ronco. «También él lo conseguiría. Así que el día en que cumplió, al salir de la cárcel lo primero que hizo fue buscar un látigo, y con el látigo enfrentarse al altar de su santo. A latigazos aflojó las mismas tablas que había ajustado alguna vez y, cuando esas tablas cayeron al piso, persiguió a golpes de látigo a la imagen. No importaba cuánto saltara la figura por uno de sus traillazos, allá iba a buscarla otra vez con la punta del látigo. Deshizo la capa y el vestido y no paró hasta ver cortada su cabeza. La cabeza del santo, suelta de su cuerpo, se veía ahora tan seca como la vieja manzana. Y él dio con sus zapatos contra el suelo y ambas manzanas, la fruta y la cabeza, dejaron escapar un ruido seco, tan seco como el chocar de una balsa improvisada contra la lancha de los guardafronteras».

Se había hecho un silencio en la barbería como el de la inspectora ante la taza de té.

«Ya que había cumplido su venganza, decidió irse. Esta vez saldría por el sur y no habría balsa. Se batiría él solo con el mar. Untó su cuerpo de brea como el jinete del cuento había untado a su caballo, y se tiró, a la espera de que en aguas alejadas de la costa lo recogiera alguna embarcación extranjera».

«Hacía un día perfecto, el agua resbalaba maravillosamente entre sus brazos y, después de varias horas de nadar, brazos y piernas eran parte del agua. Quien viera su cabeza entre las olas la tomaría por una boya suelta alejándose. Pasaron otras horas, casi un día, hasta que el nadador tuvo la suerte de toparse con un barco».

«¿De qué bandera?», preguntó Manín por interés profesional, porque trabaja como práctico del puerto.

«¿No les he hecho el cuento de los tres que creyeron salvarse y el buque de bandera sueca?»

«Otro día, Ronco», reclamó Lilo. «Termina ahora con el santero».

Manín volvió a preguntar por la bandera.

«El yate era enorme y traía bandera inglesa, y subieron al santero a bordo con la misma curiosidad con que hubieran subido a un pez tropical. Para los del yate era el más curioso de los peces y se hablaron mediante señas, pero él alcanzó a dar las gracias en inglés y se arrodilló al pie de un retrato de la Reina de Inglaterra, en uno de los salones del yate».

«¡El tipo fue a parar a Inglaterra!», gritaron Manín y Lilo.

«Ese yate había cruzado el Atlántico, cruzaría el canal de Panamá y tomaría el Pacífico hacia el norte, donde recogería a su propietario. Al santero lo dejaron seguir a bordo pero, al final, el propietario de aquel yate decidiría qué hacer con él».

«¿Y quién era el dueño?»

«Un millonario. Un millonario inglés, seguro».

«La Reina de Inglaterra», afirmó el Ronco.

Ninguno de nosotros podía creerlo.

«Tampoco lo creyó el santero cuando tuvo delante a la reina del retrato. Y no creyó en su suerte cuando la reina de Inglaterra decidió que seguiría con ellos en el yate».

«Lo estafó un santo y lo salvó una reina», dijo Lilo.

«¡¿Estafa?!», saltó Manín. «Si no hubiera sido por el santo no se hubiera empatado con la reina. Primero le puso la mala y luego la buena».

«El santero pensó que su historia iba a ser contada ahora en las cárceles y ninguna resultaría más increíble», interrumpió la discusión el Ronco. «Ni la del relojero con los papalotes, ni la del que encontró una pistola en su dulce de cumpleaños… Todas esas historias».

«Entonces, ¿ahora vive en Inglaterra?», preguntó Lilo, el único de nosotros que lo conociera.

«No es que viva», consideró la voz rasposa. «Es que ese tipo es el santero personal de la Reina de Inglaterra».

Me atreví entonces a preguntar por su nombre.

«Allá se cambió el nombre, así que tiene un nombre inglés».

«Volvió a nacer».

«Así mismo».

La cerveza se había acabado ya. Ninguna de las razones que Lilo me habló frente al espejo pudieron convencerme de lo bien que había quedado mi cabeza. En el informe de todos los viernes avisé a mis superiores del nuevo contrabando.

II.

«Oigánme, que éste es el último cuento que les hago», nos avisó el Ronco tres meses más tarde.

No es que fuera a morirse tal vez, pero estaba llamado a volver a uno de sus hospitales. El verano estaba en sus fines, llovía. No demoraría mucho en formarse por los alrededores el primer ciclón de la temporada. La fachada se encontraba completamente pintada de un color chillón, y ni el espejo prometido ni el mecánico de aire acondicionado habían estado por allí. Según el Ronco, la tarde estaba buena para estar bien lejos, lo sentía en su garganta.

«Este era un muchachito de una tribu africana», comenzó.

«África», se asombró Manín al entrar.

Ya estábamos en la barbería los de siempre y uno más, desconocido, que había entrado a la carrera y esperaría a que escampara.

«Su padre había muerto en la guerra y, en obediencia a las leyes de la tribu, su madre pasó a ser la vigésimosexta concubina del rey. Es decir, dejó de ser su madre para convertirse en propiedad real, uno más de los bienes del jefe. El muchacho no tenía suerte. Se le había muerto el padre, y ahora también su madre moría para él».

Aquel desconocido miraba a todo el mundo, salvo a mí. De pronto me pareció que en algún lado lo había visto.

«¿Café?», preguntó sorprendido cuando Manín le dio una taza. «Estaba solo, pero todos estamos solos, ¿no? Y pasaron así unos cuantos años y el muchacho, convertido en un joven guerrero, empezó a hacer la vida de un hombre. Que era exactamente la misma que había llevado su padre antes de morir. Es decir, una vida de animal en la selva: sin gastar un descuido, a toda hora alerta».

La puerta se abrió empujada por otro que vendría a guarecerse. Sin embargo, el viento que la abrió volvió a cerrarla.

«Un león, eso buscaba ser. Campaña tras campaña, procuraba ganar el poderío del que había gozado su padre, gran guerrero. Y aun más poder que el de su padre, el de un rey. Porque tuvo desde un día ese pensamiento, el de hacerse más rey que el rey de su tribu».

«Era su ambición», comentó el desconocido.

Creo que a ninguno nos gustó que aprovechara una pausa del Ronco para hacerse oír.

«¿No escampa?», pregunté.

Era él quien se hallaba más cerca de la puerta, y la entreabrió con la punta de un zapato. Esperó un instante a que yo percibiera cómo se mojaba la calle, y la dejó cerrar. Me fijé entonces en sus zapatos, también yo había tenido un par así.

«Lo que el joven guerrero buscaba era, sencillamente, destronar al rey de aquella tribu. Y había un solo modo, que no pasaba por ser mejor guerrero ni por conversar cara a cara con los muertos y las almas de las cosas, como hacían los mayores de la tribu. No. Para ser más rey que el rey tenía sencillamente que levantar una fortuna mayor que la de éste. Una fortuna en África…»

«Marfil y oro», enumeró Manín.

«Diamantes», dijo Lilo.

Yo dije armas y el desconocido no miró hacia mí.

«Nada de eso. La fortuna de aquel rey eran unos tarecos, pacotilla, unas cuantas cosas inservibles, el tesoro de cualquier niño pobre en otra parte».

«¿Tarecos como cuáles?», quiso precisar Manín.

«Un teléfono portátil tirado a la basura, un radio sin pilas, el timón de un carro. Un montón de mierda».

«¿Micrda?»

Manín era capaz de hacer funcionar aquel teléfono, de construir un carro para aquel timón.

«Un montón de mierda como no se encontraba otro en kilómetros a la redonda. Por no contar espejos y paraguas y unas lentillas que cambiaba el color de los ojos a la concubina favorita del rey».

«Y el joven guerrero comprendió enseguida que un tesoro mayor que aquél no lo encontraría en ninguna de las tribus de los alrededores, no aparecería nunca como botín de guerra. Y que sólo podría alcanzarlo acercándose a los blancos. Entonces se alejó de la tribu y comenzó su viaje hasta tierras de blancos».

«Viajó durante semanas y semanas, durante meses. Cruzó ríos y franjas devastadas por el fuego. Llegó al fin al primer basurero de los blancos. Tan sólo una ojeada habría colmado allí la ambición de cualquier otro. Pero el joven guerrero escapado de la tribu se dijo que si tales tesoros abundaban allí, tirados bajo el cielo, al borde de la vida que llevaban los blancos, tenían igual valor que el de las frutas abundantes de la selva. Y calculó que lo que guardaba el rey de su tribu era un tesoro de mono, ni más ni menos. Así que se propuso averiguar dónde estaba la verdadera riqueza y siguió camino, se adentró más aun, hasta dar con una mina de diamantes».

«¡Ahora sí!», gritamos todos, menos el desconocido.

Porque confiábamos en que la inteligencia del joven guerrero lo ayudaría a salir adelante.

«La mina tenía dueño, claro. Si dio con una mina de diamantes fue para trabajar en ella hasta el agotamiento, como un esclavo. Pero, al final, era el dueño feliz de unos cuantos diamantes. Una carguita», la lengua del Ronco pareció acariciar aquellas piedras como si fueran comida.

«¿Cómo se los robó?», preguntó el desconocido.

«Abre a ver si llueve», le pedí.

No me hizo el menor caso. Yo mismo abrí la puerta y la barbería se llenó de un aire aún más fresco que el que pudiera traer la vieja máquina de aire acondicionado.

«Escampó», dije para él.

«Dale a buscar café, Manín», ordenó el Ronco.

«Primero explícame cómo el negro consiguió los diamantes».

«La historia no es ésa».

Si no estuviera a punto de volver al hospital, el Ronco habría hecho también una historia de aquel robo. El desconocido se asomó a la calle con el pretexto de respirar lo despejado de la atmósfera y me di cuenta de que espiaba el camino de Manín hasta el café.

«No importa de qué modo se hizo de los diamantes», retomó el Ronco su historia. «Lo tremendo es que volvió a la tribu, donde lo daban por muerto desde hacía años y lo encontraban ahora ileso, llegado de una cacería de la que sólo él tenía detalles».

«En la tribu su madre había muerto y el rey seguía aumentando el número de concubinas sin preocuparse por la muerte, y el joven guerrero encontró más razones para acabar con él. Así que dispuso frente a los mayores de la tribu su colección de piedras y aguardó a que ellos decidieran quién debía reinar sobre ellos».

«Los mayores eran un grupo de viejos olvidados de la muerte, en tratos con ella. Gente a la vez poderosa y cobarde, y de ellos dependía el futuro político de la tribu. Observaron la carga de diamantes, observaron las ropas que vestía el recién vuelto a la tribu, y se echaron a reír despreocupadamente. ¿Qué tesoro podía ser aquél?»

«El otro era mejor», dijo el desconocido al terminar su taza.

Evidentemente, procuraba averiguar si ambas coladas de café venían del mismo contrabando.

«Sigue tu historia, Ronco», pedimos.

«A los ojos de los mayores, los diamantes del joven pretendiente valían menos que el menor de los espejos del rey, un espejo de polvera. Por no hablar del grande, donde el rey y el puñado de mayores cabían de cuerpo entero. La desaprobación del consejo de ancianos era patente. El rey tomó uno de los diamantes y pareció aquilatarlo. Miró a través de él y aquéllo le dio menos sorpresa que el cambio de color en las pupilas de su concubina favorita. El diamante valía menos que un juego de lentillas. Acabó por lanzarlo a la tierra, al lugar que la justicia de la tribu asignaba a las piedras, y pronto la cabeza del joven llegado de las tierras blancas rodaría igual».

«Pero en el mismo momento en que los guerreros de la guardia real iban a echarle mano al joven, éste cortó de un tajo limpio la figura del rey en el mayor de los espejos. El rey quedó partido en dos y fue señal de mal augurio ante los mayores de la tribu. Esa fue su condena».

«Ahora el joven era el jefe más poderoso hasta el límite en que la tierra se hacía de los blancos. Su tesoro era millones de veces mayor que el del anterior rey, las concubinas reales eran sus mujeres. Sin embargo, la ambición no lo iba a dejar reinar tranquilamente. Su ambición lo llevaría ahora más allá de la selva, más allá del primer basurero de los blancos, más allá de las minas y de los barracones donde tantas noches había dormido apiñado, más allá de los bungalows de los ingenieros y de las esposas de los ingenieros, más allá del mar...»

«Pero, ¿a dónde va ese negro?», preguntó Manín.

«Nueva York», aseguró el Ronco. «No podía elegir otro lugar».

«¿Para qué?», averiguó el desconocido primero que nosotros.

«Para averiguar dónde quedaba la verdadera riqueza. Iba movido por el mismo impulso que ya le había hecho dejar la tribu, el de no conformarse con el primer basurero en su camino y avanzar hasta el corazón de los tesoros. Iba a Nueva York porque consideraba que era la gran mina de diamantes de los hombres blancos».

«Pero importa poco la causa, porque más extraño que la causa de ese viaje fue lo que hizo el nuevo rey en la primera escala».

«¿Dónde?», preguntó Manín.

El Ronco se tocó el pañuelo del cuello como si le fuera difícil hablar y, lentamente, alzó el índice de su mano izquierda hacia el techo.

«¿Miami?», aventuraron a coro Lilo y Manín.

«Ustedes lo han dicho», afirmó el Ronco.

«Lilo», ordené yo.

«Para, para el cuento», pidió el barbero mientras me lo llevaba hasta el fondo del salón.

«Qué pasa, ¿tú?»

«Quiero que me contestes una cosa», le pedí en voz baja. «Sinceramente».

«Sinceramente».

«Si tuvieras que mandar a alguien a comprar cerveza, ¿mandarías a ése?"

El desconocido esperaba con impaciencia por la continuación del cuento.

«Manín iría», me aseguró Lilo.

«Supón que no estuviera Manín».

«El Ronco, entonces».

«Tampoco está el Ronco».

Lilo lo miró a él y me miró.

«Mejor iría yo», consideró.

«No mandarías a ése, ¿verdad?»

«Claro que no», respondió al fin.

Ahora Lilo miraba a mi cabeza.

«Te va a parecer raro que pueda saber una cosa así», empezó a confesarme, «pero el barbero que lo pela a él te pela a ti».

Regresamos al grupo, a la historia. Lo mismo que antes, el desconocido evitaba mirarme.

«Ya antes de salir de viaje hacia Nueva York, en medio de los preparativos, el joven rey se había preguntado qué papel haría un séquito de los de su tribu en la tierra lejana de los blancos. Salvajes que ni siquiera se saben poner ropa, pensó. Y dejó el poder de la tribu en manos de los mayores, partió hacia Nueva York sin séquito ni guardia de guerreros. ¿No queda café ahí?»

«Te has tomado ya seis tazas, Ronco», lo regañó Lilo. «Vas a ponerte mal».

«Ya estoy mal. La última, o no sigo».

Le sirvieron el fondo de la cafetera.

«No hay nada más parecido a un rey destronado», volvió a empezar, «que un rey sin séquito. No tiene majestad, ni respeto, esto lo sabía el joven rey de los diamantes y no hizo más que llegar al norte…»

«A Miami», precisó aquel tipo, intruso.

«Usted lo ha dicho. No hizo más que llegar y comprendió que le era preciso un séquito, gente que representara a sus dominios, súbditos. Así que se dispuso a contratar gente del mismo modo en que había visto contratar brazos para las minas o cargueros para viajes difíciles. Y los que contrató, ahora viene lo bueno, fueron negros de aquí».

«Negros de aquí que están allá», las carcajadas de Manín hicieron retumbar la barbería.

«¡Ah!», gritaba también Lilo, «¡ahí entramos nosotros!»

Porque como toda historia del Ronco, ésta podía empezar en una selva de África y, más tarde o más temprano, involucraría a gente de aquí.

«Para no cansarlos», pero era el Ronco quien más cansado parecía, «el rey vistió a nuestros negros con los trajes de gala de la tribu y los llevó a Nueva York como parte de su gente. Los de aquí lo rodeaban tan contentos como en una fiesta de disfraces. Se creían en medio de una película de Tarzán, se divertían».

Manín empujó con un pie el sillón de barbero e hizo que girara.

«Y a la hora de regresar a África, uno de los súbditos a sueldo, uno de nuestra gente quiso acompañar al rey, irse a vivir a la selva, y fue nombrado consejero de la tribu».

El intruso preguntó las señas de la tribu y las del recién nombrado consejero. Con los ojos puestos en mí, como si sólo a mí me cupiera esa interrogante, le respondió el Ronco.

«Ya no tiene el nombre que tenía. No tiene ya ni nombre. Por el momento lo llaman por su título de consejero, pero hay que darle tiempo al tiempo. Ya le dirán rey».

Fue, de verdad, la última historia del Ronco. En el resumen que escribí para mis superiores hice notar que contábamos con un hombre presto a ser rey en África y otro muy cercano a la Reina de Inglaterra. Ambos podrían sernos útiles desde sus cortes respectivas. Observé también que no era necesario que enviaran a alguien más a la barbería para hacer mi trabajo.

«El compañero que visitó la barbería», me notificaron como respuesta a mi informe, «era parte de una inspección que realizamos».

Todo resultó positivo en esa inspección. Yo había informado fidedignamente lo que pensaban los de la barbería, cuáles eran sus comentarios y sus contrabandos. Mis superiores conocían por mí qué podía esperarse de ellos en un momento dado. Yo no tardaría en investigar dónde se encontraba el tiro de cerveza de aquel barrio. Lo que nunca iba a saber (pero esto a mis superiores y a cualquier inspección los tenía sin cuidado) era de dónde sacaba el Ronco sus historias. Porque ni Lilo ni Manín supieron decírmelo en todos los viernes que tuvimos sin él más adelante.

Rogación de cabeza por Mazarino

Perdido en un derrumbe el *Tratado breve de estática mila-grosa*, todo lo que queda de ese libro son las pocas noticias que se dan aquí. Ningún catálogo de los publicados por demógrafos, sociólogos y urbanistas trae mención de los tugures y de su ciudad oculta. Y la suerte del profesor D. es seguir siendo una inicial, innombrable todavía como referencia.

El caso que testimonia la encargada de un baño de aeropuerto, síndrome emparentado con el de Estocolmo y con aquel que afectó a Stendhal en medio de la riqueza pictórica de Italia, es en la actualidad objeto de estudio. Congresos médicos y psiquiátricos se atreven a denominarlo, provisionalmente, *síndrome de Boyeros*, por el nombre de la región donde ese aeropuerto está enclavado.

La recomendación de trazar, antes del balazo, una línea imaginaria de oreja a oreja, puede encontrarse en un ensayo de George Orwell: *Matar a un elefante*. Y un cuento de Lord Dunsany termina con palabras semejantes a las que cierran aquí *Un arte de hacer ruinas*.

Por último, este epílogo ruega por la cabeza del Cardenal Mazarino, a la que el Parlamento de París puso precio durante La Fronda.

Suelta del cuerpo como estuvo a punto de tenerla Scherezada en tantas noches, quien la entregara recibiría cincuenta mil escudos. En esa misma cantidad había sido valorada la biblioteca del cardenal y el dinero de la venta de los libros iba a servir de pago al ajusticiador.

Una cabeza, según la anterior noticia histórica, vale en su día lo mismo que la biblioteca que haya llegado a poseer. Lector, queda por desear que este volumen contribuya en algo si acaso ponen precio a la tuya.

La Habana, diciembre de 1998

Estudio crítico

Las trampas del imperio

Teresa Basile

Perteneciente a la generación de escritores nacidos después de la Revolución cubana de 1959, Antonio José Ponte ha escrito en un contexto fuertemente marcado por este acontecimiento histórico, que en su momento colocó a Cuba en el centro de América Latina. Su literatura va a establecer un vínculo dialéctico y conflictivo con las vicisitudes culturales de la isla, cuyo gobierno, después de un primer momento de acercamiento y colaboración con escritores e intelectuales cubanos y latinoamericanos, pasó a un segundo periodo más tenso y problemático. En este contexto de fuerte control de la producción cultural, Ponte fue censurado por su colaboración en la revista *Encuentro de la cultura cubana*, fue «desactivado» de la UNEAC (Unión Nacional de Escritores y Artistas de Cuba) y se intentó reducir su participación en la esfera pública, lo que lo llevó a publicar sus libros en el exterior y finalmente, en el año 2007, a radicarse en Madrid[1]. La continua demanda de independencia y libertad del escritor y la crítica al monitoreo y la vigilancia ejercidas por la administración cultural del Estado constituyen reclamos que su obra vehiculiza. La vida bajo el *régimen revolucionario* se vuelve un centro de múltiples experiencias al que sus textos se dirigen con obstinación, y su literatura va a explorar ciertos avatares de los cubanos bajo diferentes momentos del régimen castrista, dentro y fuera de la isla.

---

[1] Véase Basile 2005.

Además de *Corazón de skitalietz* (2000), *Cuentos de todas partes del Imperio* (1998) es el otro de los volúmenes que reúne cuentos de Antonio José Ponte[2]. En el primero –aunque no de un modo excluyente– los relatos se ubican dentro del territorio cubano, en el interior de los muros de la isla, y allí exploran una ciudad situada en los años noventa del «período especial», atravesada por la crisis económica y vigilada por las instituciones estatales. En el segundo contario, ciertos personajes van más allá del territorio insular, se atreven a recorrer los extramuros de la isla, las extensiones del «Imperio» cubano y relatan sus aventuras acaecidas en ese espacio del afuera –en una etapa previa a la caída del Muro de Berlín y a la desintegración del bloque soviético que dio fin (en parte) al «Imperio» cubano[3]. A la permanencia en el interior de la Isla se suma ahora la experiencia de la diáspora.

¿Existe un hilo conductor o conector entre los cuentos reunidos en *Cuentos de todas partes del Imperio*? ¿Podemos hablar de un contario? ¿Se trata de un libro pensado *ab initio* orgánicamente como unidad, o bien de la compilación de relatos que, sobre la marcha o posteriormente, se fueron sumando en el presente volumen? ¿Cuáles serían los dispositivos que

---

[2]   Los cuentos escritos por Antonio José Ponte hasta el presente se agrupan en dos libros: *Corazón de skitalietz* (que incluye un relato homónimo), y *Cuentos de todas partes del Imperio*. Suelto, sin integrarse aún en libro, está «De este lado del muro», que ha sido publicado en diversos medios. En 2005 apareció en Fondo de Cultura Económica el volumen *Un arte de hacer ruinas y otros cuentos*, con prólogo de Esther Whitfield, que reunía todos los cuentos de los dos libros. Luego la editorial Beatriz Viterbo (Rosario, Argentina) publicó en 2010 *Corazón de skitalietz*, con posfacio de Teresa Basile.

[3]   Dice Rafael Rojas «Ponte traza la alegoría de Cuba como un imperio que difumina a sus ciudadanos –o, más bien, a sus súbditos– por el mundo. Pero, curiosamente, esa propagación mundial del vasallaje de un reino no está fechada en los 90 [...] sino en el envío de miles de estudiantes cubanos a la Unión Soviética y Europa del Este en los años 70 y 80» (Rojas 2009: 124).

ofician como conectores entre los cuentos? Desde las perspectivas teórico-críticas tanto de Pablo Brescia y Evelia Romano en el volumen *El ojo en el caleidoscopio* como del artículo de Gabriela Mora allí incluido (2006: 53-75), podemos considerar los relatos de *Cuentos de todas partes del Imperio* como «textos integrados», en tanto presentan ciertos patrones de relación que permiten percibir una *unidad* que articula *diversos* relatos. En este caso la idea de Imperio (dispositivo de reunión) y la figura de Scherezada (enhebradora de los diferentes relatos, aunque de un modo simbólico) son los ejes mayores de integración, más allá de otros factores de relación como la recurrencia de ciertos tópicos, imágenes y temas –como la coyuntura histórica en que las acciones tienen lugar o las particularidades de la escritura, y el empleo de determinados tropos y procedimientos.

El marco que abre y cierra el volumen se ofrece como una caja de contención en cuyo interior se ordenan los cuentos con un inicio y un cierre, un principio y un fin, un prólogo y un epílogo («Prólogo: Rogación de cabeza por Scherezada»; «Epílogo: Rogación de cabeza por Mazarino»). Remite al eje estructural del *Libro de las mil y una noches*, aunque sin emplear el sistema de cajas, de historias emanadas de otras historias en un continuo sin fin. Recupera, en cambio, la capacidad para hilvanar historias diversas, diferentes entre sí, una precaria continuidad que sólo se sostiene en la voz de Scherezada y en su habilidad para encastrar lo diferente.

En el prólogo de *Cuentos de...* se explicitan algunas razones que justifican la unidad en el motivo del «Imperio», que auspiciaría la reunión de relatos cuyos protagonistas provienen de los rincones más apartados («Este corto volumen, por su parte, no tiene más justificación que la existencia del Imperio», 7). La idea de Cuba como Imperio que se dilata hacia el vasto afuera, con la presencia de cubanos en los confines más alejados del orbe, remite –en clave irónica y a través del empleo de la hipérbole– a la pertenencia de Cuba al bloque soviético, que vinculaba a la isla con las políticas soviéticas y con sus países satélites. Pero también refiere al proyecto revolucionario de exportar la Revolución –un modelo a seguir– hacia afuera. En realidad, la ironía yace en que esa voluntad «imperialista» de extender lo cubano a través de la Revolución se terminó de consolidar por medio de las diásporas y exilios de cubanos que, igualmente, proyectaron la isla hacia otras latitudes en el contexto geopolítico anterior y posterior a la caída del Muro de Berlín.

El «Imperio», entonces, permite congregar historias provenientes de otros países, ligados de una u otra forma a las redes tejidas por el bloque socialista, a las relaciones internacionales en el contexto de la Guerra Fría: es el caso de los viajes de estudiantes universitarios a los países detrás de la cortina de hierro («Las lágrimas en el congrí»), el envío de tropas a la guerra civil de Angola («A petición de Ochún»), los itinerarios del contrabando, y también las diásporas y exilios a diversos puntos del planeta («Por hombres», «El verano en una barbería»). La hipérbole no deja de ser significativa, ya que yuxtapone y contrasta la pequeña isla a las amplias territorialidades de un imperio y critica la pretendida centralidad de la Revolución cubana en la «historia universal», señalando la desmesura de la macronarrativa revolucionaria. El primer cuento –«Las lágrimas en el congrí»– coloca en el inicio la conversión de la isla en Imperio fraguado por la Revolución, mostrando el exceso, la desmedida, el hiato entre ambas figuras: «Aquí muy pocas veces los noticieros hablan de otras tierras, rara vez uno escucha lo que ocurre en otros países. Resulta tan vasto el nuestro, suceden en él tantos acontecimientos, que el interés decae más allá de sus fronteras» (9). Ese hiato es la grieta que quiebra y desmonta la imagen del Imperio para devolverla como aire, como nada, pura inexistencia: «[…] no demora en comprobarse que el Imperio consiste únicamente en ese aroma amargo que sale de las tazas, en el humo picante del tabaco, en palabras, en música. Aire todo, en fin. Aunque su falta de consistencia –suele ser el consuelo en estos casos– no lo hará declinar, si nunca logra fundarse del todo» (7).

El «aire» es un tópico recurrente no sólo en los textos de Antonio José Ponte sino además en varios escritores del «nuevo ensayo cubano»[4]. A través de la imagen del aire se critica el «peso» de los discursos revolucionarios, la pesantez del orden disciplinario de la Revolución y la gravedad del ascetismo revolucionario, al tiempo que se reclama, en su lugar, el aire que aligere los mandatos, el deber, el servicio; que renueve las ideas y permita la libertad y diversidad creativas por fuera de la rigidez y los modelos impuestos. En «El abrigo del aire» (*El libro perdido de los origenistas*), entre otros ejemplos, Ponte reacciona a la saturación pública de la figura reificada de Martí por parte del discurso revolucionario con la imagen del aire, con la necesidad de volverlo más ligero, aireado, leído en antologías y no obra completa; limpiarlo de su rostro de apóstol y mártir, sacarlo del presidio, del deber, del mandato de la acción política por sobre la escritura. Ponte, en este ensayo, no responde al cliché con el rescate de otro perfil martiano, sino que prefiere borronear, desdibujar su rostro: ofrece una deslectura desde el choteo y la burla. José Manuel Prieto, a su vez, señala la ausencia de «lo nimio, lo aparentemente falto de importancia: la moda, los hits

---

[4] El grupo de jóvenes escritores que luego conformaría el llamado «Nuevo ensayo cubano» estaba integrado por Antonio José Ponte, Rolando Sánchez Mejías, Víctor Fowler, Pedro Márquez, Iván de la Nuez, Ernesto Hernández Busto y Rafael Rojas, entre otros. En los noventa comienzan a ejercer una crítica y relectura de los imaginarios nacionales y sus relatos; de las propuestas, discursos y narrativas revolucionarias; del canon literario cubano y de la tradición intelectual de la isla, entre otros temas.

musicales, los chocolatines suizos, las fragancias de marca», y coloca la «frivolidad» como causante de la caída de los imperios y de regímenes totalitarios como el de la URSS[5]. En *La fiesta vigilada*, Ponte opone la pesantez de la industria militar a la ligereza de las ilusiones[6]. Iván de la Nuez en su ensayo *El mapa de sal* sostiene: «Todo lo sólido se desvanece en el mar. Todo lo sólido se disuelve en la sal» (2001: 133). Rafael Rojas reclama un nacionalismo acotado, débil, abierto, un patriotismo suave capaz de integrar la diversidad de memorias de los diferentes cubanos de la «isla sin fin[7]». De este modo, la predilección por metáforas que gasifican o licuan todo lo sólido –ya propagadas por, entre otros, Marshall Berman y Zygmunt Bauman– deviene en varios ensayistas cubanos un modo de aligerar el peso de los mandatos revolucionarios, de las macronarrativas y de los caminos obligados: el *aire* en Ponte, el *agua* en Iván de la Nuez, el *patriotismo suave* en Rafael Rojas, la *frivolidad* en José Manuel Prieto.

La idea de Imperio, como también la presencia del *Libro de las mil y una noches*, nos reenvía a un pasado remoto, primitivo, violento y guerrero –aun cuando en otros momentos se muestre legendario, exótico y fantástico–mediante relatos de aventuras, convocando la apelación a lo «tribal», el regreso a un primitivismo bárbaro. Si bien en «Las lágrimas en el congrí» es donde se rotula la imagen de los cubanos como tribu primitiva

---

[5]   Dice: «Me asombra que hasta ahora nadie haya reparado en el devastador efecto de la frivolidad sobre el cuerpo del totalitarismo [...] En la década de los ochenta, sin embargo, los habitantes del paraíso ruso se sentían agotados por la escasez de artículos de moda, minados por la angustia de trajes mal cortados y muebles producidos en masa» (Prieto 2001: 73).

[6]   «La creación de una potente industria pesada, la carrera astronáutica y algunas otras pesadeces habían hecho que los mandatarios soviéticos descuidaran las industrias ligeras, las más elementales ilusiones» (Ponte 2007: 21).

[7]   Véase Rojas 1996, Rojas 1998 y Nuez 2001.

para caracterizar ciertas costumbres y particularidades de su cultura –referidas, por ejemplo, al nacionalismo y sus rituales de pertenencia–, el imaginario de lo tribal reaparece en todos los cuentos y constituye un eje fundamental. Desde lo tribal se apunta críticamente a un abanico de políticas de sometimiento y dominio, se alude al despliegue de la violencia, del machismo, de la intolerancia y del militarismo; no sólo acontece así en varios cuentos, sino además en los relatos intercalados dentro de los cuentos –en especial en aquellos protagonizados por la mujer de «Por hombres» y los narrados por Ronco en «El verano en una barbería».

El motivo del viaje exhibe la extensión del Imperio, es el conector entre sus puntos distantes, y es uno de los temas que se reitera en los diversos cuentos poniéndolos en contacto y sirviendo como hilo conductor, tal como se adelanta en el prólogo: «Cuentan vidas de viajeros y desplazamientos de tribus» (7). En especial, el viaje se presenta como la posibilidad de realizar una experiencia de conocimiento de otras culturas, como apertura a la interacción cultural, como vía de aprendizaje, como oportunidad de acercamiento al «otro» –aunque también aparece, por supuesto, como escape de la isla. A grandes rasgos, la experiencia del viaje como oportunidad para suspender el nacionalismo radical y el monolingüismo revolucionario, para acercarse al «otro», aparece burlada o frustrada desde diferentes perspectivas. Los relatos muestran cierta tensión entre el deseo de viajar y el desengaño, la desilusión, la interrupción, la imposibilidad o la circularidad del viaje.

En este marco general que sostiene e integra el volumen es posible deslindar varios núcleos particulares significativos que atraviesan ciertos relatos: el contexto de censura, la circularidad del viaje, el despliegue de la violencia y las significaciones de las ruinas.

1. La escritura vigilada

Como gran parte de la obra de Antonio José Ponte, *Cuentos de todas partes del Imperio* exhibe una escritura por momentos hermética, de alto contenido simbólico, hojaldrada por múltiples capas de sentido, atravesada por la ironía y el juego, centrada en los poderes de la *poiesis*. Desafía la porfiada voluntad interpretativa del lector al tiempo que la estimula –«sólo lo difícil es estimulante; sólo la resistencia que nos reta es capaz de enarcar, suscitar y mantener nuestra potencia de conocimiento», nos recordaba José Lezama Lima–. Escapa a los discursos adocenados de la política estatal, a las fraguas de las estéticas del realismo socialista. Tampoco puede hacerse eco de los realismos mágicos y maravillosos de las generaciones anteriores para auscultar un presente gris, sacudido por diversas crisis, donde advierte el «apagón de las metáforas»[8]. Recupera y reescribe, desde otro lugar, la pulsión lezamiana, no tanto en su despliegue barroquizante como en la toma de distancia ante un contexto que percibe cerrado.

Pero en estos cuentos el hermetismo adquiere, además, otra significación central: se trata de una respuesta a la vigilancia de la censura –un modo de escapar a la inspección– que es reasumida como una propuesta estética. El hermetismo, como una vía para sortear el control de la administración cultural revolucionaria, se vuelve una decisión estética que va mucho más allá de la mera respuesta. Implica reconvertir el contexto de censura en un dispo-

---

[8]   En una de sus entrevistas, Ponte señala: «Un apagón no sólo literal sino también metafórico, el apagón de las metáforas ¿Cómo utilizar esas grandes metáforas de mis antecesores literarios [Carpentier y Lezama Lima], cómo sostenerlas en la crisis?» (Basile 2005: 31). Utilizo la idea de un «apagón de las metáforas», como marca de una estética capaz de traducir la crisis de los años noventa en Cuba, en el análisis de los cuentos de *Corazón de Skitalietz* (véase Basile 2010a).

sitivo productor de relatos. La censura es un desafío que Antonio José Ponte acepta (con cierto humor), y es un sistema de reglas (un juego) en cuyo interior ingresa para desde allí contar.

Como sabemos, los conflictos de los intelectuales y escritores con las instituciones culturales del gobierno revolucionario han estado presentes, con diferentes modulaciones e intensidades, luego de los primeros años de entusiasmo y colaboración (entre 1959 y 1961), en determinados medios, como por ejemplo el suplemento literario semanal *Lunes de revolución*. Basta recordar la prohibición del film *P.M.* (1961), de Orlando Jiménez Leal y Sabá Cabrera Infante, declarado «obsceno y contrarrevolucionario» por la Comisión de Estudio y Clasificación de Películas, y las palabras de advertencia de Castro a los intelectuales en la Biblioteca Nacional –«Dentro de la Revolución, todo: contra la Revolución, nada» (1961)–, o el escandaloso caso Padilla (1971) y las cartas presentadas por los intelectuales a Fidel Castro, o las denuncias en torno a la revista *Mundo Nuevo* (1966), entre otros casos que dieron cuenta de un creciente clima anti-intelectual y acentuaron el control y la inspección de la producción artística[9].

La censura como un lugar desde donde narrar y el hermetismo como su vía mayor configuran un relato en el que ciertas cuestiones no se dicen pero pueden sugerirse a través de tropos de desplazamiento como el símbolo, la metáfora, la alusión o el relato en clave, entre otros.

«El verano en una barbería» escenifica el acto de narrar *bajo* la censura y de contar *desde* la censura. Aquí se formula un tipo de escritura que juega (y se burla) con las reglas que el control impone, no para escapar y hablar fuera de ellas sino para contar desde dentro de ellas, desde esa barbería merodeada por los agentes del gobierno. Allí se reúne un grupo de jóvenes para

---

[9]   Véase Gilman 2003. Sobre las tensiones entre la política cultural cubana y *Mundo nuevo*, véase Mudrovcic 1997 y Morejón Arnaiz 2017.

oír los relatos de Ronco: se trata de un lugar cerrado (el cristal de la puerta ha sido sustituido por una plancha de madera), un lugar de encierro continuamente monitoreado por las inspecciones que llegan desde afuera y por la mirada atenta de un espía del sistema de vigilancia estatal que participa de las reuniones. Cortar el pelo (sinécdoque de «cortar la cabeza») suele ser una práctica higienista contra los «melenudos» e «insociales» que amenazan el *status quo*: aquí aparece el corte que le hacen al joven negro, a quien le dibujan las iniciales de su nombre en el pelo de la nuca como marca de prisionero (que debería haber hecho Argelio, el barbero de la cárcel)[10]. Sin embargo, la barbería es un espacio más complejo y ambiguo, ya que allí se realiza aquello que está prohibido afuera: el contrabando (de cervezas y café) y la fragua de relatos, dos prácticas similares en tanto comparten la prohibición que pesa sobre ellas y la factura clandestina. De modo que la literatura –relatar y contar– se vuelve una forma más del contrabando. Ambos sistemas se montan en el secreto y activan desplazamientos: así la cerveza deviene «té vietnamita» y los relatos ocultan nombres, rutas del contrabando y vías de fuga. Si bien la barbería está sujeta a inspecciones y es vigilada por agentes estatales (con los cuales incluso por momentos se establecen colaboraciones), logra una cuota de autonomía y resguardo dentro –no fuera– de ese sistema coercitivo. La barbería es el territorio de los *confabulatori* y allí la cabeza es el centro (este cuento despliega una proliferación de alusiones a la «cabeza» en diversas variantes[11]).

---

[10]   En este comentario también se señala el encierro –su similitud con la prisión– de la barbería: «[…] allí estábamos nosotros oyendo siempre las mismas historias que los presos, como presos también» (64). Por momentos la barbería aparece como un emblema de la misma Cuba.

[11]   El cotejo con *El reino de este mundo* de Alejo Carpentier es inevitable, ya que en esta *nouvelle* la cabeza también ocupa un lugar central a partir de la imagen matriz de la cabeza real cortada por la guillotina.

En este clima tenso y crispado, de sospecha y paranoia que atraviesa el aire de la barbería, Ronco cuenta los cuentos, es el relator cuyo acto de narrar se hace bajo la presión de la censura. Por ello su voz es ronca y no es clara, su narración es hermética y no transparente, su relato es en clave y no realista. Su palabra sale de una garganta enferma, de un cuello aprisionado por un pañuelo, de un cuerpo condenado a muerte por la enfermedad[12]. Sus cuentos se centran en actos prohibidos por el gobierno, como las fugas de la isla y los contrabandos, y por ello se ocultan los nombres de los protagonistas para evitar la delación: son relatos de balseros, de fugas, de disputas de poder, de los tesoros y valores de cada sociedad y cultura, de carencias y abundancias.

Uno de los aciertos de este cuento estriba en que el narrador es un agente espía de los aparatos estatales, que acude a la barbería para enterarse de las vías y modos del contrabando o de las próximas fugas, procurando comprender tanto los itinerarios de los jóvenes cuando buscan café o cerveza como los relatos en clave; su aparición dispara el relato en clave, su entrada es el inicio de la palabra hermética: «en cuanto empujé la puerta cambiaron de conversación» (59). Juega, además, un papel equívoco dentro de la barbería: si por un lado procura averiguar los canales y agentes del contrabando —y acá los jóvenes de la barbería le escatiman y ocultan información[13]—, por el otro resulta una garantía, un salvoconducto frente a las inspeccio-

---

[12] El motivo del «cuello» y de las «cabezas cortadas» reaparece continuamente y nos remite a la escena primaria del escritor que escribe dentro de un contexto de censura, emblematizada por la figura de Scherezada, cuya cabeza pende de un hilo. Reaparece este *leit motiv* en los relatos de Ronco: «no paró hasta ver cortada su cabeza» (65), o «y pronto la cabeza del joven llegado de las tierras blancas rodaría igual» (72), entre otros ejemplos.

[13] Por ejemplo: «Lilo y el Ronco ajustaron enseguida la identidad del tipo como un contrabando más, de manera que yo no alcanzara su nombre»

nes: «conmigo estaban seguros». Esta vigilancia por parte del narrador se exaspera irónicamente con la aparición dentro de la barbería de un segundo espía, que subrepticiamente ahora viene a controlarlo a él.

Podemos considerar «El verano en una barbería» como una respuesta al desafío contenido en la escena matriz de Scherezada (continuada por la escena de Mazarino), quien debe contar desde una situación de encierro y vigilancia, desde un contexto de peligro –que se instaura en el Prólogo y en el Epílogo, que abre y cierra el contario–. No se trata sólo de fabular sino también de confabular, de reunirse clandestinamente y hablar en secreto para conspirar, de los *confabulatori nocturni* que conspiran a «expensas del cuello». De este modo, narrar en el contexto cubano de los noventa deviene un acto político cuando se ejerce bajo censura. En más de una ocasión Antonio José Ponte ha subrayado el carácter «clandestino» de la producción y circulación de la literatura durante el régimen revolucionario por parte de su propia generación, de los nacidos dentro de la Revolución, quienes hacían circular libros censurados de mando en mano y los leían en secreto, o sacaban manuscritos de la isla para publicarlos fuera, todo lo cual hacía de la literatura una empresa «conspirativa», llevada a cabo en contra o por fuera de los preceptos culturales de la revolución. En una entrevista asegura:

> Nosotros somos una generación de lectores muy críticos con la literatura oficial cubana, lectores que sospechamos que el verdadero arte es clandestino porque está censurado, prohibido, en el mundo, y Cuba vive muchas veces de espaldas al mundo […] hace algunos años, cuando ninguno de nosotros viajaba o viajábamos

---

(61); «Me atreví entonces a preguntar por su nombre. / "Allá se cambió de nombre, así que tiene un nombre inglés"» (67).

muy poco y no teníamos contacto con visitantes extranjeros, tener un libro de un escritor que nos gustara era tener un talismán. Compartir ese talismán nos ha hermanado. Se establece una especie de cadena de conspiradores; el libro se convierte en objeto de conspiración en un medio en el que está censurado, prohibido o simplemente no se habla de él. Este objeto de conspiración vincula a toda la gente que lee. (Rodríguez 2002: 180)

2. EL VIAJE

En «Las lágrimas en el congrí» el viaje aparece como una reproducción del sí mismo, como una proyección en territorio extranjero de los estereotipos de la cultura propia que termina por estorbar la posibilidad de conocer al otro e interactuar con él. El narrador protagonista viaja a un país extranjero, muy frío, tal vez al Berlín Oriental de Alemania del Este, ya que se menciona el Muro de Berlín como lugar de intercambio de mercancías. Ya sabemos que el frío y el hielo constituyen la máxima extrañeza para un cubano o para un caribeño – recuérdese el inicio de *Cien años de soledad*, cuando «frente al pelotón de fusilamiento, el coronel Aureliano Buendía había de recordar aquella tarde remota en que su padre lo llevó a conocer el hielo». El protagonista ha llegado allí como estudiante de física atómica e ingresa en el grupo de compatriotas, residentes universitarios, que se congregan bajo el nombre de los «Cabezas de Congrí»[14]. Allí, en ese punto distante y tan

---

[14] Para Rafael Rojas, Antonio José Ponte sostiene «la idea original de que la diáspora postcomunista –no el exilio anticastrista que comenzó desde el mismo año 59– se inició con aquellos contingentes de becarios. En ese peregrinaje está el origen de la máxima fragmentación del imperio que experimentamos en nuestros días. Cuba, pequeño reino del imperio soviético, ha sido, también, a su manera, una isla imperial. Y como todo imperio, esa Cuba

diferente al paisaje habitual, con la presencia constante del hielo y del frío lacerante, los estudiantes cubanos van a reproducir obcecadamente las costumbres de su patria. Como si se tratara de una «tribu», marcan su territorio y defienden a sus mujeres del pillaje de los extranjeros, se reúnen en torno al congrí –el plato totémico de la tribu– y se afanan por conseguir alimentos y productos a través del contrabando para reproducir los platos de la comida cubana: «Conseguíamos, en fin, vivir como si no hubiéramos dejado atrás nuestra tierra» (11). A través de un ritual de pertenencia a Cuba, de una prueba que los hace renacer en los patrones masculinos de la isla, deben superar la prueba de la nieve, caminar sobre ella para vencerla y así retornar simbólicamente al calor caribeño: «el calor de la música y del ron y de las mujeres» (11). De este modo, van calzando todos los estereotipos del caribeñismo grato al paladar del mercado. Este singular rito de iniciación se origina en una pelea tribal con la pandilla de los chechenos, cuando éstos acosaron a sus mujeres (las muchachas universitarias residentes), y es el mulato Golomón quien al grito de «¡Pan con lechón!» los vence, restituyendo a la tribu cubana su honor.

Se trata de un acto de refundación nacional, y digo re-fundación porque cita el origen de la fundación a través de la mención de la gesta de Golomón narrada en *Espejo de Paciencia* (1608), de Silvestre de Balboa. En este texto Salvador Golomón, un negro esclavo, logra dar muerte al pirata francés Gilberto Girón, que en 1604 asolaba las costas cubanas, y así vence al extranjero. Pero además *Espejo de Paciencia* es considerado, aun con las múltiples discusiones y controversias respecto a su estatuto, el texto fundacional de la literatura nacional cubana. De modo que la cita de Golomón alude críticamente al nacionalismo implicado

---

confirma su proyección trasnacional en el momento de decadencia, no en el de auge» (Rojas 2009: 124) tanto en el ataque al extranjero como en el estatuto fundacional de la literatura cubana a partir de *Espejo de Paciencia*[15]. En el cuento, esta refundación se vuelve –como quería Hegel para toda segunda vez– una farsa. En el marco que introduce el relato se alude también a la presencia de los nacionalismos tribales en las luchas de los separatistas chechenos ante el ataque y la invasión «imperial» de los rusos en la década de los noventa.

En clave irónica, el relato muestra la naturaleza de un nacionalismo exacerbado que conduce a percibirse como el centro de un imperio, a ejercitar rituales de pertenencia, a defender el orgullo nacional contra todo extranjero que intente empañarlo –«una pandilla de extranjeros bocones podía desgañitarse en ofensas contra el orgullo congrí» (12)–, aislándose dentro de un país extranjero y enfrentándose a todo extraño: «Los nuestros fundaban una tribu para vivir soportablemente en el extranjero, se daban la ilusión de que lo extraño no los rodeaba como el frío, y ahora un puñado de tipos se permitía enseñarles que el lugar nunca les pertenecería» (12). El nacionalismo, que adquiere aquí como ya adelantamos los tintes de un primitivismo tribal, suele ser objeto de crítica en varios textos de Ponte, quien sostiene que «Un país, un nacionalismo son soportables sólo si cobijan lo negador, las destrucciones. Un país y un nacionalismo no pueden ser proyectos monolíticos» (2004: 112).

En «Por hombres» el viaje se articula en un juego de oposiciones. Por un lado, la protagonista le cuenta a la mujer que hace la limpieza en el baño (y que es la narradora) sus aventuras por las regiones más alejadas del planeta. Lo hace desde el baño

---

[15] En *Lo cubano en la poesía* Cintio Vitier, además de colocarlo como el texto primero de la literatura cubana, sostiene: «He querido subrayar, a más del caracterizado perfil de los insulares y aunque tal vez no responda totalmente a la realidad, esa compenetración que pinta Balboa entre criollos, negros e indios frente a la osadía del *extranjero*, y la idéntica mirada justiciera en que intenta reunirlos e igualarlos» (Vitier 1998: 40; cursivas en el original).

del aeropuerto y en el momento en que está a punto de ingresar a Cuba, es decir, en el momento del regreso, del arribo, de la vuelta a la tierra natal. Ella ha hecho lo que pocos cubanos pueden: viajar por lugares distantes, exóticos y extravagantes, recalando tanto en algún paraje de África, donde encuentra a un cubano camellero, como en los confines de Islandia: «A juzgar por los sellos de sus maletas, parecía haber atravesado todas las aduanas y volado en todas las aerolíneas del mundo» (17). Por otro lado, frente a ella, la cuidadora del baño sueña con poder viajar para ir a visitar a su hijo, estableciendo un contrapunto de dos voces femeninas que vertebran el relato: la de la mujer que huye de los hombres cubanos viajando por el orbe entero y la de la madre que espera, infructuosamente, viajar mientras recoge, atrapada en el aeropuerto, las monedas que le dejan en el plato.

Este contrapunto de opuestos (viajar/no viajar) es superado por una misma experiencia que asegura la inutilidad o imposibilidad del viaje. El viaje al extranjero termina convirtiéndose en una reinscripción del punto natal, ya que en cualquier lugar por exótico y alejado que fuera había terminado encontrándose con un cubano:

> «Me volví como loca. La locura me dio por pensar que los que viajan, y las maletas, y los aviones, estaban allá afuera para hacerme creer que existían otros países, cuando había uno solo y era éste».
> «No hay otros», murmuró ella. (18).

Bajo otra aventura, se reitera el acecho de lo cubano ya percibido en «Las lágrimas en el congrí».

También en este relato se encuentra una crítica a los estereotipos del hombre cubano. Así, la viajera huye de cierta imagen tropicalista y patriarcal del cubano hecho de potencia sexual, de seducción por la palabra, de engaños y mentiras, de violencia de género –golpes, tráfico de personas, prostitución, venta y esclavitud de mujeres–, todo lo cual parece incluso preferible al aburrimiento y la paz que le provee Stefan. Estas notas de sometimiento y violencia están trabajadas desde la inversión del tópico del caballero que rescata de la torre a la princesa, ya que Ayán la encierra «en la torre más alta del puerto», lo que no impide que la víctima se enamore del victimario (el «síndrome de Estocolmo» al que alude Ponte en el epílogo).

Tanto el exacerbado nacionalismo cubano como la pulsión imperial de la Revolución, que erige un modelo homogéneo de sociedad –aun cuando constituyen fuerzas diferentes y ejecutan movimientos en parte contrapuestos–, incuban la incapacidad para articular la alteridad, para vincularse al otro, para mezclarse con el extranjero. La política monológica del régimen revolucionario y el nacionalismo del exilio muestran prácticas de cierre ante la diversidad cultural. Este Imperio supone políticas de asimilación del otro al modelo central. La hipérbole, la proliferación y la ironía atraviesan esta metáfora del Imperio. Lo cubano se amplifica hasta convertirse en Imperio (hipérbole), rebrota en los lugares más alejados de la isla (proliferación) pero sólo para mostrar su clausura (ironía).

Dentro del grupo de los escritores nucleados en el Nuevo ensayo cubano se encuentra una tenaz crítica al nacionalismo y una impugnación recurrente a las políticas de exclusión –lo que se agudizó al inicio de la etapa poscomunista de los años noventa, con el desplazamiento del «internacionalismo» comunista hacia el «nacionalismo» cubano en la era posoviética. Esta crítica se ocupa, por un lado, de desmontar las políticas de exclusión de las memorias heterónomas ejercidas en nombre de un nacionalismo reductivo anclado en la defensa de ciertos supuestos valores de lo «cubano» (visible ya, por ejemplo, en algunas perspectivas del origenismo previas a la Revolución que buscaban «lo cubano» en la poesía). Por el otro, aspira a recolectar aquellas memorias expulsadas, ignoradas u olvidadas para reconstruir una Nación plural. Así, eligen ciertas imágenes como la figura de las nueve ciudades que forman «Troya», presente en *La fiesta vigilada* de Ponte, o la metáfora de la «Isla sin fin», a través de la cual Rafael Rojas propone rearticular el discurso «afirmativo» y el «negativo», los relatos del exilio y del insilio, del adentro y del afuera, de la cercanía y la lejanía, la narración de la «frustración republicana» y la de la «utopía insular», la «razón instrumental» y la «razón emancipatoria», los proyectos republicanos, liberales, democráticos, o la idea de «Cuba.com» defendida por Francisco Morán para dar cuenta de nuevos modos en que las diversas tendencias, discursos, grupos y opiniones logran proyectarse en la web; o la propuesta de una «Fuga» en la era del posnacionalismo en Iván de la Nuez, para quien la salida de la isla significa el abandono del nacionalismo en sus dos versiones, la del régimen interno y la del exilio más radical de Miami, las dos caras de una misma cultura reductora, la reproducción del mundo bipolar de la Guerra Fría tensado entre el relato revolucionario y el contrarrevolucionario[16]. Se trata, en todos estos casos, de favorecer políticas de la memoria que auspicien la apertura y la inclusión de lo diverso.

En este marco de crítica al nacionalismo cubano, algunos relatos de *Cuentos de todas partes del Imperio* focalizan la reproducción de los estereotipos de lo cubano y la dificultad para conocer y vincularse a las diversas alteridades que surcan los territorios nacionales y posnacionales. Las tribus de la diáspora parecen reiterar los rituales del poder aprendidos en el centro isleño del Imperio. Es así, por ejemplo, en los relatos que cuenta

---

[16] Véase Rojas 1998, Morán 2005 y Nuez 1997.

Ronco en «El verano en una barbería»: en el primero de ellos, el santero logra liberarse de su santo en la isla luego de decapitarlo, para terminar convirtiéndose –en el exilio– en el santero personal de la reina de Inglaterra; en el segundo, el joven guerrero de una tribu africana (cuyas leyes hacían de los habitantes súbditos obedientes y sometidos al rey) desafía el poder real para, una vez entronizado, recalar en Miami (emblema del primer exilio cubano), donde contrata «negros» cubanos como súbditos. El exilio no suele aparecer como una experiencia sencilla ni fácilmente liberadora, y tal vez en estos relatos sobre diásporas se oculte una visión crítica por parte de Ponte[17].

Hay cierta ironía en la idea de Imperio, que supone una amplísima territorialidad en la cual domina, sin embargo, una política del cierre a lo diferente. Ponte le contrapone la imagen de una nacionalidad abierta donde no existan pasaportes, una cultura cubana que, contra las trampas de las fronteras geográficas y temporales, contemple e incluya al exilio y a los residentes en la isla, que reconozca las experiencias históricas previas y posteriores al 59: «yo defiendo una idea de país abierto en tiempo y geografía» (Rodríguez 2002: 182).

3. La violencia

Junto a las críticas a las macronarrativas del nacionalismo cubano y de la pulsión imperial revolucionaria, hallamos también otras revisiones de diversas prácticas y relatos referidos a los sistemas de dominación más violentos.

---

[17]   Ponte ha asegurado en una entrevista: «*Cuentos de todas partes del Imperio* es por un lado mi respuesta a la Cuba monolítica en la que vivo y por otro mi contestación a la diáspora cubana, a la cantidad de exilios que los cubanos viven en todas partes del mundo» (Rodríguez 2002: 183).

«A petición de Ochún» es uno de los cuentos más complejos, difícil de entender y un tanto bizarro. Reúne dos ejes y dos historias que se cruzan y entrelazan: un relato centrado en los avatares de una carnicería del Barrio Chino de La Habana, y otro desenvuelto en el vínculo amoroso del aprendiz de carnicero Ignacio con Luminaria Wong; alternan, entonces, el hambre con el amor. No obstante, algo los vincula: la violencia.

El maestro Chang le enseñó a su discípulo, cuando éste desde niño comenzó a trabajar en la carnicería del Barrio Chino —está al frente ahora del negocio y es el narrador del relato[18]—, no sólo las artes del buen corte sino además toda una filosofía que se desprendía de sus habilidades en el manejo del cuchillo, y que hacía de la mesura y de la no violencia sus máximos valores: su habilidad consistía en meter el cuchillo por los huecos que ya existían en la carne, porque «cortar es criminal»; recomendaba Chang «ninguna violencia, ningún enarcamiento».

Ahora bien, estos principios parecen no regir su destino final, ya que Chang muere a la salida del «Águila de Oro» golpeado por tres adolescentes que quieren quedarse con su ropa —casi una versión o reescritura del «Poema conjetural» de Jorge Luis Borges , donde el culto y letrado Francisco Narciso de Laprida encuentra su destino sudamericano en el instante final de su muerte a manos de los bárbaros. Tampoco las máximas de Chang cuajan entre sus discípulos, no se continúan ni encuentran un espacio para establecerse; por el contrario, tanto el narrador como Ignacio, sus aprendices y continuadores, despliegan una notable violencia en sus actos.

---

[18] En los cuentos de Ponte, el narrador no suele ser el protagonista del relato, lo que da lugar a una perspectiva siempre *parcial* de lo que sucede. Asimismo se evita la mirada totalizadora de la tercera persona del narrador omnisciente. Es por eso que sus narradores no ostentan una visión clara ni completa ni son depositarios de la «verdad», lo que se constituye en un procedimiento importante en esta escritura vigilada y en clave.

Por un lado, el narrador, junto a otros tres carniceros, emprende la matanza de la elefanta del zoológico con una fuerte dosis de violencia criminal y sexual («a uno se le ocurrió entonces la idea de templársela»): «El del camión, de suficiente sangre fría para la caza, se asqueó de vernos desguazar a la elefanta con cuatro machetes» (52). Lo que aquí está en juego, además, es el dinero que pueden obtener con la carne de la elefanta en un contexto de escasez y carestía en los mercados: «Con un solo paquete llenamos el mercado», «Nos haríamos ricos» (51).

Por el otro, Ignacio, aturdido por los celos que le despierta la belleza de su esposa Luminaria Wong, la golpea y luego la encierra entre barrotes, de los que ella escapa milagrosamente porque es hija de la diosa del amor y de la alegría, Ochún. A través de un santero, Ochún le hace saber que sólo obtendrá el perdón si le entrega «un corazón de elefante macho» (49). De modo que Ignacio se alista en las tropas que van al África, donde consigue el corazón de un elefante que el ejército envía a Lumi como último favor concedido a Ignacio antes de ser fusilado por haber abandonado sus deberes de soldado.

En ambos ataques pergeñados por el narrador y por Ignacio —a la elefanta y a Lumi— está en juego una buena cuota de violencia contra el género femenino/hembra, y de ahí que Ochún pida a cambio el corazón de un elefante «macho» que finalmente Lumi comerá (acaso como reparación por el asesinato de la elefanta). Aunque casi no se la menciona, la guerra civil que tuvo lugar en Angola y en la que intervino el gobierno de Fidel Castro, enviando tropas y civiles cubanos desde 1975 hasta 1991, trae también a colación el tema de la violencia, el militarismo, la guerra y el sacrificio en el contexto del «Imperio» cubano y sus alianzas. A ello podemos sumar un dato aportado en el Epílogo: «La recomendación de trazar, antes del balazo, una línea imaginaria de oreja a oreja, puede encontrarse en un ensayo de George Orwell: *Matar a un elefante*» (77). La mención de este intertexto puede resultar importante, porque allí se relata cómo el escritor británico se vio obligado, como miembro de un aparato represivo, a cometer un acto desmesurado y gratuito de violencia –matar a un elefante– en el contexto de un sistema imperial de dominación –el colonialismo inglés en Birmania–, que pone en escena una particular imagen de la violencia con cierta dosis de grotesco y de banalidad (en tanto parte de una burocracia colonial, es decir, en el sentido que Hannah Arendt le da al concepto de la «banalidad del mal»). En esta línea, la maquinaria imperial de Cuba se ve obligada a enviar cubanos durante dieciséis años a una guerra que ni siquiera es propia[19]. A través de la *imago* del Imperio, entonces, se concentra una feroz crítica al poder anclado en diversos sistemas de dominación y sometimiento (militarismo, guerra, violencia de género, colonialismo, esclavitud, monarquía, imperio, cárcel, etcétera) que, reiterado constantemente en todos los relatos, termina por configurar un imaginario matriz en *Cuentos de todas partes del Imperio*.

4. Ruinología

Uno de los cuentos más emblemáticos de Antonio José Ponte, «Un arte de hacer ruinas», sirve como punto de partida para recorrer algunos de los significados que las «ruinas» adquieren en la obra del escritor cubano.

---

[19] Sobre «A petición de Ochún», sostiene Dierdra Reber: «Leo en este cuento una alegoría de la pérdida del momento originario de la Revolución y la pretensión –la necesidad– subsiguiente de volver a representarlo mediante un ciclo sin fin, en que el momento genésico revolucionario en su dimensión universal se rearticula tras el sacrificio individual. El eje estructural del cuento se construye precisamente de esta secuencia de eventos» (Reber 2009: 112).

Mercedes Serna en «Tuguria: ciudad de la memoria» (2009), uno de los trabajos más lúcidos sobre este relato, lo analiza como un cuento fantástico y metafísico que –a través de un viaje en el tiempo- cruza dos dimensiones: una realista y otra fantástica. La instancia *realista* versa sobre la crisis edilicia de La Habana. Es la historia de un estudiante que pretende escribir una tesis sobre las barbacoas, sobre la capacidad de los habitantes para abrir espacios en una ciudad en ruinas y sin nuevas construcciones, ya saturada de gente y que sigue recibiendo migrantes del interior del país. Elige un tutor de tesis en cuyo departamento comenzarán a surgir indicios que darán las claves para una lectura *fantástica*. Así, un antiguo plano de La Habana en 1832, cuando el cólera se expandía por la ciudad, la taza de té, las monedas de todas partes del mundo, el relampagueo en una de las habitaciones del fondo vienen a oficiar como las claves del ingreso del estudiante a Tuguria, la ciudad subterránea que se encuentra intacta debajo de La Habana en ruinas, una ciudad atrapada en la memoria, una utopía y una pesadilla al mismo tiempo.

Para quien se considera un «ruinólogo», su tenaz reflexión sobre las ruinas se vuelca en varios textos. El capítulo «Un paréntesis de ruinas» de *La fiesta vigilada* puede darnos algunas pistas para leer las dos imágenes de La Habana que se cruzan en «Un arte de hacer ruinas»: las ruinas y Tuguria[20]. Por un lado allí expone la crisis habitacional provocada por el crecimiento de la población y la llegada de cubanos del interior, quienes «tugurizan» los edificios ruinosos, es decir, comienzan a fabricar

---

[20] He analizado en otro sitio (Basile 2009: 163-248) de un modo más general la *imago* de las ruinas en *La fiesta vigilada* en tanto organiza importantes núcleos de significación: (1) la caída de Ícaro, como metáfora de otras caídas; (2) los vínculos con otras experiencias históricas de las posguerras europeas y sus escritores, fotógrafos y pintores; y (3) la tarea de ruinólogo que Ponte asume como propia.

nuevas habitaciones, covachas, barbacoas, convierten los patios y balcones en piezas, colocan tabiques para dividir habitaciones y todo termina conduciendo, de este modo, a la destrucción del edificio. A este déficit habitacional se suma la falta de un proyecto urbanístico por parte del gobierno, incapaz de dar una solución al problema. Esa situación ha dado lugar a las *ruinas habitadas* que se sostienen gracias a una «estática milagrosa», manteniendo en pie edificios a punto de desmoronarse[21]. Frente a esta imagen de una ciudad en ruinas –localizada sobre todo en el barrio de Centro Habana–, Ponte describe la *ciudad museo* que se encuentra en el casco histórico de La Habana Vieja. Declarada «Patrimonio de la Humanidad» en 1982 por la UNESCO, La Habana Vieja ha sufrido un proceso de restauración de sus edificios, a su vez convertidos en museos, lo que ha llevado a una ciudad que por un lado se ha reconstruido, manteniendo la fachada del pasado, pero que a la vez está deshabitada y vacía. Es una ciudad que se muestra intacta como en el pasado y que en el presente ofrece varias de las antiguas casonas convertidas en museos, con el consiguiente desalojo de

---

[21]   En entrevista con Néstor Rodríguez, sostiene Ponte sobre «Un arte de hacer ruinas»: «Es un texto que nace de muchos entrecruzamientos. Uno de ellos fue el hallazgo de dos conceptos que encontré en revistas de urbanismo. Uno de los términos es tugurización, la capacidad que tiene una ciudad sobrepoblada para hacer divisiones dentro del espacio urbanizado y convertir en tugurios esos lugares, es decir, devaluarlos arquitectónicamente por la necesidad de apiñar vidas dentro de un espacio limitado. Ese término técnico utilizado por los urbanistas para explicar sobre todo Centro Habana me sugería varias ideas. Primero, la del espacio cerrado; segundo, el que dentro de ese mismo espacio reducido se pudiera concentrar la mayor cantidad de vida posible. Y tercero, la devaluación de ese espacio por la densidad humana que le cae encima de pronto. Esto me gustó como hipótesis para la ficción. El otro término que encontré fue el de estática milagrosa, una noción que describe el asombro de los urbanistas, arquitectos y planificadores ante el hecho de que muchos edificios que por cálculos estructurales debían estar en ruinas seguían en pie» (Rodríguez 2002: 184).

sus habitantes, en un doble proceso de museificación[22]. Esta imagen paradojal de una ciudad que se muestra intacta como en el pasado, pero deshabitada, coincide en gran medida con Tuguria, en la cual «No se veía a nadie y la desolación de tan gran lugar no invitaba a avanzar» (40) y «donde todo se conserva como en la memoria» (41). La imagen final tomada de un cuento de Lord Dunsany da cuenta de una ciudad de gran belleza pero afantasmada y vacía: «No hay luces en sus casas ni pisadas en sus calles. Está muerta y sola más allá de los montes, y yo quisiera ver de nuevo a Bethmoora pero no me atrevo» (41).

Como en otros textos y relatos, la yuxtaposición de diversas zonas y disímiles perfiles de la ciudad es una de las perspectivas que caracteriza la mirada de Ponte sobre La Habana, inclinada a exhibir los desajustes, las contraposiciones e incluso las complicidades entre una política que, en este caso, por un lado permite las ruinas en Centro Habana y por el otro auspicia el conservacionismo en la Ciudad Vieja: en ambos casos se apuesta al pasado y se clausura el futuro. En esta línea Ponte mantiene una mirada muy crítica a la inmovilidad de la sociedad cubana, a la imposibilidad de transformación, de creación, de apertura al futuro. En varios de sus cuentos reaparece esta crítica a una sociedad paralizada e incapacitada para el cambio, en la cual no hay lugar para gente joven con voluntad de proyectar

---

[22]   El plan de restauración de La Habana Vieja aparece varias veces en *La fiesta vigilada*: «Allí donde un palacete se arruina fraccionado en múltiples viviendas, las labores de restauración dejan listo un edificio que albergará a museo o institución cultural»; «Inaugurar museos ha sido el modo óptimo hallado por la Oficina del Historiador de la Ciudad para revalorizar inmuebles sin correr el riesgo de habitarlos»; «Galerías y museos de La Habana Vieja cierran sus puertas al caer la noche [...] y quedan sin vida las calles restauradas. En ellas nada duerme. Detrás de las fachadas parece residir lo hueco [...]» (178-180). Se mencionan incluso las «disposiciones especiales que controlan el ingreso de moradores» a La Habana Vieja restaurada, y que en el cuento encuentran un símil en la clave necesaria para ingresar a Tuguria.

sus deseos u obras –es el caso de «Una tirada del libro de los cambios» y «Estación H», ambos de *Corazón de skitalietz*[23]. En «Un arte de hacer ruinas» Ponte antepone el interés por el presente y por el futuro de La Habana (de Cuba) a su pasado, y por eso rechaza las ruinas del presente pero también cuestiona esas políticas de conservación que suponen una nostalgia del pasado –incluso para quienes consideran que Tuguria remite a La Habana anterior a las ruinas, a la memoria nostálgica de la ciudad del pasado.

El cuento pone en escena la *imago* de las ruinas que se ha convertido, en gran medida, en un emblema de la Cuba de los noventa, del desgaste del régimen revolucionario luego de décadas de gobierno, de la crisis que se acentuó con la caída del muro de Berlín y con la pérdida del apoyo económico, político e ideológico de la ex URSS a partir de 1989, y del desencanto frente a un régimen incapaz de cambio y renovación. Una perspectiva compleja y variada sobre las ruinas surge de los diversos textos de Ponte.

En el documental *Habana: El arte nuevo de hacer ruinas*, dirigido por Florian Borchmeyer y Matthias Hentschler (2006), Antonio José Ponte distingue diversos estatutos de las ruinas para reflexionar sobre el caso cubano: (a) las ruinas como legado de un pasado prestigioso –ejemplificadas con Roma–, gestadas a partir de la destrucción natural del tiempo, y que permiten una reflexión sobre la historia, sobre el pasado glorioso y la caída de los Imperios; (b) las ruinas provocadas por la devastación de las guerras –campo de batalla, bombardeos–, que sólo de un modo oblicuo y metafórico se vinculan con el caso cubano. Como asegura en varios textos, La Habana se asemeja a una ciudad bombardeada que, aunque no lo haya sido, forma parte del imaginario bélico sostenido por Fidel Castro, quien

---

[23]   Analizo precisamente esta inmovilidad en Basile 2010a.

constantemente agitaba el inminente peligro de invasión nor-teamericana[24]; (c) las ruinas del presente, generadas por la lenta destrucción del tiempo y por el descuido de los gobernantes en materia urbanística, que se han concentrado, como vimos, en Centro Habana; y (d) las ruinas restauradas, tal como se advierten en La Habana Vieja a partir del proyecto de la UNESCO[25].

Si bien una primera distinción separa aquellas ruinas creadas por el paso del tiempo –que corresponderían *strictu sensu* a las cubanas– de las que se fraguaron por la acción destructiva del hombre, Ponte se ocupa de mostrar que las ruinas cubanas emergen por un «ejercicio de destrucción» que emana del Estado cubano, por el despliegue de un «arte de hacer ruinas». Una de las notas que constantemente reaparece remite a la enfermedad, a la contaminación, a la epidemia de cólera que ilustra el mapa de 1832 (en el cuento) y la cita de *Muerte en Venecia* de Thomas Mann (en el documental)[26].

---

[24] En *La fiesta vigilada* sostiene Ponte: «La Habana es el escenario de una guerra ocurrida nunca [...] Estas calles destruidas por los bombardeos del tiempo son perfecto escenario para un discurso de plaza sitiada» (2007: 204); «A la espera de más bombardeos aunque nunca hubiese sido bombardeada» (2007: 72); «En país devastado por una guerra no ocurrida» (2007: 73). En el libro puede percibirse cierto gesto de afiliación de Ponte con escritores que, de uno u otro modo, procuraron expresar experiencias de las Guerras Mundiales y de los totalitarismos europeos como George Orwell, Heinrich Böll, W. G. Sebald, Boris Pasternak o Marina Tsvietáieva, y con artistas plásticos como el grupo reunido por Kenneth Clark, entre los que se encuentran las pinturas de la ciudad de Coventry, bombardeada por los alemanes en 1940, realizadas por John Piper.

[25] Al respecto, véanse las reflexiones de Esther Whitfield (2009) y las de Francisco Morán (2009).

[26] A ello podrían agregarse la imagen de la epidemia y del basurero en *La fiesta vigilada* (145-146); las menciones en varios cuentos –como en «Corazón de skitalietz» y en «Esta vida»– de hospitales y médicos (el psiquiatra de «Un arte de hacer ruinas» es la versión irónica del discurso médico-psiquiátrico-

Con relación a estos delindes, Ponte hace hincapié en el documental en las profundas diferencias entre las *ruinas deshabitadas* (romanas) y las *ruinas habitadas* (cubanas): allí se concentra uno de los nudos conflictivos de su reflexión. Mientras las ruinas deshabitadas permiten la reflexión sobre la historia o la contemplación nostálgica o una mirada esteticista, en cambio las ruinas habitadas rechazan tanto la melancolía como el esteticismo, ante el «escándalo» que supone el hecho mismo de estar habitadas –de albergar en un sitio arruinado, destruido e inhóspito la vida de seres humanos. Se trata tanto de un conflicto ético como de un dilema estético el que plantean las ruinas cubanas[27].

El problema de la «representación» de las ruinas –el dilema estético– es central en la reflexión de Ponte y atañe en primer lugar al debate más general sobre la representación de la violencia extrema que se ha dado en las últimas décadas a propósito del Holocausto, y en segundo lugar se vincula de un modo más específico con las demandas del mercado cultural internacional, que se interesa por aquellas imágenes que acentúan la decadencia del régimen socialista cubano[28]. La llegada (que abre «Un paréntesis de ruinas») de un fotógrafo extranjero a una Habana rodeada de basurales y ruinas reúne ambas preocupaciones, y permite explorar las pulsiones contrapuestas entre

---

higienista), de enfermedades y pestes. El vínculo con la obra de Thomas Mann suele vislumbrarse en más de una ocasión.

[27] Además de la vida precaria que llevan allí sus moradores, las ruinas habitadas se caracterizan por borrar los límites entre el espacio privado y el público, entre el interior y el exterior, lo que facilita las políticas de vigilancia (Ponte 2007: 168).

[28] En esta línea, véase el trabajo ya citado de Whitfield (2009) y su *Cuban Currency: The Dollar and «Special Period» Fiction* (2008). Allí explora el afán por representar y fotografiar las ruinas cubanas del presente como una instancia del exotismo por parte del mercado global, interesado en palpar y ver la decadencia de la utopía revolucionaria.

el deleite estético que supone la contemplación de toda ruina y el rechazo ético –los «remordimientos» y «reproches»– ante las vidas que sus habitantes deben soportar –un sentimiento a la vez «estético y perverso» (2007: 169).

Antonio José Ponte es «ruinólogo» en tanto se aboca a la tarea de interrogar, explorar y analizar las ruinas, un papel que se hace ostensible en el documental, donde se contraponen los testimonios de las vivencias de los habitantes de las ruinas a la voz reflexiva de Ponte. Pero su ruinología da un paso más: hace de la crítica a los sistemas totalizantes y de la deconstrucción de sus macronarrativas el centro de reflexión, es decir, recupera la fuerza destructiva y devastadora propia de las ruinas como herramienta central de su pensamiento crítico. Con ello se opone a los grandes sistemas, critica las teleologías, desmonta los cánones, cuestiona las certezas unívocas y prefiere hablar desde la intemperie y desde el desasosiego; elige el vacío antes que lo lleno, opta por el naufragio antes que por los relatos salvadores, trabaja con el fragmento y se aleja de las totalidades, escoge el diálogo frente al monólogo, se inclina por lo poético antes que por lo doctrinal. Este vínculo profundo entre ruina y pensamiento lo convierte en un escritor impolítico[29], lo dispone a la

---

[29]   Para el filósofo italiano Roberto Esposito, lo impolítico se ofrece como una perspectiva demoledora tanto de las certezas apodícticas de la ciencia política como del carácter normativo de las éticas públicas. Distante de lo político y de lo antipolítico (su reverso), lo impolítico se ocupa de advertir los límites de lo político, de señalar su finitud cortando el hilo que ata lo político a fines que le son trascendentes, quebrando el nexo entre bien y poder, consignando el «fin de todo fin de la política». Desde allí, lo impolítico deconstruye la matriz teológica, mítica, sagrada que reviste lo político al mostrar la pérdida de su *telos* trascendente, con lo cual horada la plenitud mítico-operativa empleada en su función representativa (tanto la representación que el poder hace del bien, como la que el mandatario hace de los ciudadanos). Lo impolítico quiebra asimismo la unidad de la comunidad, al mostrar que la modalidad de la representación es la de la *reductio ad unum*, incapaz de representar la plura-

crítica demoledora de las macronarrativas pero sin posicionarse desde otra bandería partidista ni desde una ideología estatuida ni desde un grupo de pertenencia[30]. A estas perspectivas es posible sumarle otra instancia: las ruinas también contaminan su escritura. Como observamos en su día a propósito de los cuentos reunidos en *Corazón de skitalietz*, la escritura de Antonio José Ponte deja atrás las grandes metáforas y el barroco de José Lezama Lima y Alejo Carpentier para asumir el «apagón de las metáforas» que concita el pauperizado escenario cubano de los años noventa. De este modo, no se trata sólo de una «representación» de las ruinas en los textos de Ponte, sino de las ruinas como instancia productora –como maquinaria, a fin de cuentas– de pensamiento y escritura.

BIBLIOGRAFÍA

BASILE, Teresa (2005): «Entrevista a Antonio José Ponte». En *Katatay. Revista crítica de literatura latinoamericana* 1 (1/2), junio: 28-36.

— (2009): «Interiores de una isla en fuga. El "ensayo" en Antonio José Ponte». En Basile, Teresa (ed.): *La vigilia cubana: sobre Antonio José Ponte*. Rosario: Beatriz Viterbo, 163-248.

— (2010a): «Estación Habana». En Ponte, Antonio José: *Corazón de Skitalietz*. Rosario: Beatriz Viterbo, 109-137.

— (2010b): «Confines y sinfines de la Revolución Cubana. Reflexiones de un escritor impolítico: Antonio José Ponte». En Gremels, Andrea & Spiller, Roland (eds.): *Cuba 50 años después: la revolución revis(it)ada*. Tübingen: Narr.

---

lidad porque excluye las alteridades, «lo que queda obstinadamente fuera de la política», lo «irrepresentable», el «silencio que envuelve al poder». Véase Esposito 2006: 7-43.

[30] Sobre el carácter de «impolítico» en la postura de Antonio José Ponte véase Basile 2010b y Rodríguez 2009.

Esposito, Roberto (2006): *Categorías de lo impolítico*. Buenos Aires: Katz.

Gilman, Claudia (2003): *Entre la pluma y el fusil. Debates y dilemas del escritor revolucionario en América Latina*. Buenos Aires: Fondo de Cultura económica.

Mora, Gabriela (2006): «Notas teóricas en torno a la colección de cuentos integrados». En Brescia, Pablo & Romano, Evelina (eds.): *El ojo en el caleidoscopio*. México: Universidad Autónoma de México, 53-75.

Morán, Francisco (2005): «Cuba.com: Escapes, descosidos y reinvención del espacio nacional». En *Katatay* I (1-2): 18-25.

Morejón Arnaiz, Idalia (2017): *Política y polémica en América Latina. Las revistas* Casa de las Américas *y* Mundo Nuevo. Leiden: Almenara.

Mudrovcic, María Eugenia (1997): *Mundo nuevo. Cultura y guerra fría en la década del 60*. Rosario: Beatriz Viterbo.

Nuez, Iván de la (1997): «El destierro de Calibán. Diáspora de la cultura cubana de los 90 en Europa». En *Encuentro de la cultura cubana* 4/5, primavera/verano.

— (2001): *El mapa de sal: un poscomunista en el paisaje global*. Barcelona: Mondadori.

Ponte, Antonio José (2004): *El libro perdido de los origenistas*. Sevilla: Renacimiento.

— (2007): *La fiesta vigilada*. Barcelona: Anagrama.

Prieto, José Manuel (2001): «Nunca antes había visto el rojo». En Nuez, Iván de la: *Cuba y el día después: doce ensayistas nacidos con la revolución imaginan el futuro*. Barcelona: Mondadori, 73-80.

Reber, Dierdra (2009): «Antonio José Ponte: crítica e inmolación revolucionarias». En Basile, Teresa (ed.): *La vigilia cubana: sobre Antonio José Ponte*. Rosario: Beatriz Viterbo, 109-119.

Rodríguez, Juan Carlos (2009): «"Tiene que suceder algo, tiene que destriunfar la revolución": una conversación con Antonio

José Ponte». En *La Habana Elegante* 46, otoño-invierno: <http://www.habanaelegante.com/Fall_Winter_2009/Entrevista_Rodriguez_Ponte.html>.

RODRÍGUEZ, Néstor (2002): «Un arte de hacer ruinas: entrevista con el escritor cubano Antonio José Ponte». En *Revista Iberoamericana* LXVIII (198): 179-186.

ROJAS, Rafael (1996): «La relectura de la nación». En *Revista Encuentro de la cultura cubana* 1: 42-52.

— (1998): *Isla sin fin. Contribución a la crítica del nacionalismo cubano*. Miami: Universal.

— (2009): «Partes del Imperio». En Basile, Teresa (ed.): *La vigilia cubana: sobre Antonio José Ponte*. Rosario: Beatriz Viterbo, 121-127.

SERNA, Mercedes (2009): «Tuguria: ciudad de la memoria». En Basile, Teresa (ed.): *La vigilia cubana: sobre Antonio José Ponte*. Rosario: Beatriz Viterbo, 83-94.

VITIER, Cintio (1998): Lo cubano en la poesía. La Habana: Letras cubanas.

WHITFIELD, Esther (2008): *Cuban currency: the dollar and «special period» fiction*. Minneapolis: University of Minnesota Press.

— (2009): «El presente en ruinas». En Basile, Teresa (ed.): *La vigilia cubana: sobre Antonio José Ponte*. Rosario: Beatriz Viterbo, 73-81.